Nina Schindler • Und wo bleib ich?

DIE AUTORIN

Nina Schindler hat nach ihrem Studium als Lehrerin an einer Gesamtschule gearbeitet. Anfang der Neunzigerjahre kehrte sie dem Schuldienst den Rücken und begann zu schreiben. Inzwischen hat sie zahlreiche Bücher für Leser aller Altersklassen veröffentlicht. Neben ihrer schriftstellerischen Tätigkeit arbeitet sie als Übersetzerin aus dem Englischen, Französischen und Italienischen. Nina Schindler ist Mutter von fünf Kindern und lebt mit ihrer Familie in Bremen.

Von Nina Schindler ist im C. Bertelsmann
Jugendbuch Verlag erschienen:

Bruder zu verschenken (12457)
Väter und Sohn (12562)
Geliebte Brieffeindin – Ein E-Mail-Roman
(12498, gemeinsam mit Rosie Rushton)

Bei XL ist erschienen:

Karlas Jacke (25059)

Und bei OMNIBUS:

Mike rappt los (20911)
**Geliebte Brieffeindin/P. S. He's mine! –
Ein deutsch-englischer E-Mail-Roman**
(20955, gemeinsam mit Rosie Rushton)

Nina Schindler

Und wo bleib ich?

Illustrationen von Christiane Pieper

Band 21048

Der OMNIBUS
Taschenbuchverlag
gehört zu den Kinder- &
Jugendbuch-Verlagen
in der Verlagsgruppe
Random House
München Berlin
Frankfurt Wien Zürich

Umwelthinweis:
Dieses Buch wurde auf chlorfrei gebleichtem
Papier gedruckt.

Erstmals als OMNIBUS Taschenbuch April 2002
Gesetzt nach den Regeln der Rechtschreibreform
© 1999 OMNIBUS/C. Bertelsmann
Jugendbuch Verlag, München
in der Verlagsgruppe Random House GmbH
Alle Rechte vorbehalten
Umschlagbild und Innenillustrationen: Christiane Pieper
Umschlagkonzeption: Klaus Renner
go · Herstellung: Peter Papenbrok
Satz: Uhl + Massopust, Aalen
Druck: Clausen & Bosse, Leck
ISBN 3-570-21048-0
Printed in Germany

www.omnibus-verlag.de   10 9 8 7 6 5 4 3 2 1

1

»Paul!«

Ich hörte ihre Stimme, aber ganz leise. Ich hatte nämlich meinen Walkman auf und da konnte ich sie eigentlich überhaupt nicht hören.

»Paulchen!«

Ich hörte gerade die neue Kassette von den Toten Hosen, fünf Kaugummis musste ich Björn hinlegen, bis er mir die Kassette auslieh.

»PAUL!«

Jetzt war sie echt krischig. So schriller triller kreisch. Da konnte ich bloß noch seufzen, denn nun dauerte es nur noch Sekundenbruchteile und es rumste.

WUMM!

Meine Tür krachte auf. Wie gut, dass ich keine Augen auf dem Rücken hatte. Bestimmt sah Uschi jetzt nicht besonders hübsch aus. Wenn sie wütend war, kriegte sie rote Flecken auf dem Hals und Zornesfalten auf der Stirn und überall im Gesicht.

»WAS FÄLLT DIR EIGENTLICH EIN!« Mit Schwung drehte sie den Stuhl um, auf dem ich saß. Fast wäre ich dabei umgekippt.

Außerdem riss sie mir den Kopfhörer vom Kopf.

»WIE OFT HABE ICH DIR SCHON GESAGT, DASS DU BEIM MUSIKHÖREN ANSPRECHBAR BLEIBEN SOLLST! MUSS ICH

MIR DIE KEHLE AUS DEM HALS BRÜLLEN, WEIL MEIN HERR SOHN DENKT, ER BRAUCHT NIX MEHR IM HAUSHALT ZU TUN?«

Ich sah sie lieber nicht direkt an. Erstens war sie jetzt wuthässlich und zweitens war ich beleidigt.

»Ich mach meine Arbeit noch. Du kannst dich wieder abregen.« Ich zog die Schultern hoch und wartete auf die nächste Explosion.

Stille.

Nichts.

Keine Explosion.

Hatte es meiner Mama die Sprache verschlagen?

Jetzt riskierte ich doch einen Blick nach oben. Sie starrte wütend auf mich runter. Nein, nicht nur wütend. Ihre

Mundwinkel zuckten und die – nee, also wirklich! Das wollte ich nicht! Sie sollte bloß nicht losheulen! Das würde ich nicht aushalten!

Sie schniefte und legte mir die Hand auf die Schulter. »Paulchen! Warum?«

Ich machte mich ganz steif und drückte das Mitleid wieder aus mir weg. Warum fragte sie das? Sie wusste doch ganz genau, was los war!

»Paul, nun sei doch nicht so verstockt! Ist es wegen Bernd?«

Ich wand mich unter ihrer Hand weg.

Ich will nicht reden über den.

Jetzt nicht und sowieso nie.

Niemals.

»Paul, nun rede doch mit mir! Sag schon, was ist los? Lass uns darüber sprechen, ja?«

Schrecklich, wie sie bettelte.

Da kriegte ich richtig Bauchschmerzen.

»Red doch mit IHM.« Ich hatte einen Frosch im Hals und musste mich räuspern. »Zum Reden brauchst du mich doch gar nicht. Du hast ja den …«

»Ach, mein Kleiner, warum machst du es uns allen bloß so schwer?« Uschi legte die Arme um mich und versuchte mich an sich zu drücken. Ihr Pulli war glatt und weich, aber irgendwas kratzte mich im Hals und ich hätte am liebsten losgeheult.

Aber ich heule nicht wegen dem.

Wegen dem schon gar nicht.

Ich heule doch nicht wegen einem Frosch.

2

Wenn mir so heulerig ist und ich mich mies fühle, dann gibt es nur eins: Ich hole mein Bike aus dem Keller und düse in den Bürgerpark. Ich kenne ein paar Schleichwege, da geht es ganz fix und im Park habe ich eine richtige Rennstrecke, da strample ich los und der Wind pfeift mir ins Gesicht und niemand sieht, dass ich heule.

Ich hätte gern geheult, weil ich immer an die alten Zeiten denken musste. So, wie es früher mal gewesen war. Bevor Uschi zweiunddreißig wurde. Weil das mit dem Frosch nämlich an ihrem Geburtstag anfing.

Davor waren Uschi und ich immer ein klasse Team gewesen.

»Pass doch auf, du Bengel!«

Scheiße, ich hatte den alten Mann gar nicht kommen sehen. Warum schlich der aber auch so über den Fahrradweg?

Na ja, vielleicht war ich wirklich zu schnell.

Ich bremste ab, fuhr seitlich hinter ein Gebüsch, schmiss das Rad auf die Erde und legte mich daneben auf die Wiese.

Früher haben wir uns echt gut verstanden, ich und meine Mama. Wir haben uns fast nie gekracht. Höchstens mal, wenn sie wieder zu einer Demo wollte und ich keinen Bock darauf hatte.

Diese Demos wollten einfach kein Ende nehmen. Wir demonstrierten gegen massenhaft viele Sachen.

Gegen verseuchtes Fleisch.

Gegen Atommülltransporte.

Gegen Ausländerhass.

Gegen die Schließung von Stadtteilschulen.

Gegen die Abschiebung von Ausländern.

Manchmal demonstrierten wir auch für etwas.

Für bessere Ausländergesetze.

Für Sonnenenergie.

Für mehr Geld für unser Theater.

Für eine neue Gesamtschule.

Manchmal blickte ich schon gar nicht mehr ganz durch, weil wir alle paar Wochen wieder zu einer Demo mussten und ich mit der Zeit nicht mehr wusste, was gerade dran war.

Die Demos nervten mich.

Ich hatte den siebten Sinn.

Weil sie auf so einer beknackten Demo dann den Frosch kennen gelernt hat.

Ich stand auf und hievte mein Rad hoch. Aber irgendwie war der Schwung aus mir raus und ich schob es erst mal ein Stück.

Dabei musste ich wieder an früher denken. An unsere Gemütlichkeit.

Bei uns war es nämlich mal echt nett gewesen.

Richtig angenehm zu leben.

Das fing schon morgens mit einem saugemütlichen Frühstück an. Mit unserem Muffelfrühstück. Uschi und ich waren nämlich Morgenmuffel. Nur das Allernötigste besprachen wir morgens miteinander. Beide wussten wir, was der andere frühstücken wollte, und wir deckten den Tisch, ohne zu reden, wir kochten Tee, ohne zu reden, und wir mümmelten unser Frühstück weg, ohne zu reden.

So ein stummer Morgenanfang ist wahnsinnig wichtig für mich. Ich kann das nicht haben, wenn dann schon jemand singt oder pfeift oder fröhliche Fragen stellt oder so. Das törnt mich total ab. Dann krieg ich rabenschwarze Laune und der Tag ist im Eimer.

Total.

Ich brauche morgens meine Muffelruhe.

Und Uschi hatte bisher auch immer ihre Muffelruhe gebraucht.

Bis der Frosch kam.

Ich stieg wieder aufs Rad, aber ich trat nur mal so ab und zu. Bei meinem spitzenmäßigen Leerlauf reicht ein Tritt und das Rad fährt zehn Meter oder mehr.

Als ich wieder am Eingang zum Park ankam, wunderte ich mich: Komisch, ich hatte gar nicht gemerkt, dass ich umgekehrt war.

Früher hätte ich mich jetzt aufs Heimkommen gefreut. Besonders an einem Sonntagabend.

Da hätten wir es uns auf der Couch gemütlich gemacht und Uschi hätte eine Tüte Chips spendiert. Eigentlich findet sie Chips total ungesund, aber sie isst sie auch schrecklich gern. Eine Tüte Chips reicht ganz gut für zwei Leute. Dann kuckten wir immer irgendwelche blöden Serien oder auch mal ein tolles Video wie »Die Nackte Kanone« oder so was in der Art und es war richtig klasse.

Und danach brachten wir uns ins Bett.

Uschi setzte sich noch ein bisschen auf meine Bettkante und wir erzählten uns noch was oder sie las mir was vor. Zum Beispiel »Tom Sawyer« oder »Lausbubengeschichten« oder »Die Feuerzangenbowle«.

Oder ich brachte sie ins Bett.

Ins Bett bringen war bei uns eine ganz wichtige Sache.

Jetzt dagegen war sie abends immer noch schrecklich wach und kein bisschen müde.

Neuerdings blieb sie immer ganz lange auf.

Mit dem Frosch.

Dann hörte ich sie lachen.

Oder ich hörte nichts, aber ich wusste, sie waren da.

Das war fast noch schlimmer. Weil ich mir dann vorstellte, dass sie ihn küsst. Mitten auf sein Froschmaul.

Iiiieeehhh!

3

So was Blödes, erst fünf Uhr! Und das an einem wunderschönen Frühlingssonntag. Mir war bloß nach Heulen. Was für ein Mist.

Und alles nur wegen dem Froschmaul.

Ich fuhr zu Riki. Riki ist meine beste Freundin. Sie wohnt in einem alten Haus, auf halbem Weg zu meiner Schule. Deshalb hole ich sie jeden Morgen ab und mittags fahren wir zusammen nach Hause.

Nachmittags spielen wir oft zusammen. Früher waren es Puppen und Lego, jetzt spielen wir lieber Playmo oder kucken Videos. Besonders Western. Riki ist ganz wild auf alte Western, weil sie gern reiten würde und Pferde toll findet. Außerdem liebt sie die Schießereien in Saloons. Mir gefallen die lässigen Typen besonders gut. Im Wilden Westen muss es sehr viele lässige Typen gegeben haben, die Filme jedenfalls sind voll davon.

Früher konnten wir bei Riki Westernspiele machen und rumtoben. Ihre Mama hat dann nur gelacht und gesagt: »Na, meine kleinen Wilden!«

Jetzt sah sie immer müde aus und gähnte, weil Rikis neuer Bruder sie nicht zum Schlafen kommen ließ.

Rikis Bruder hieß Klaas und wir nannten ihn heimlich das Aas, weil er uns alles vermieste. Immer mussten wir wegen ihm leise sein.

Wir sollten keinen Dreck reinschleppen.

Wir sollten mal eben was einkaufen gehen.

Wir sollten mal kurz auf das Aas aufpassen, während Rikis Mama was erledigen ging.

Aufpassen war ganz okay, wenn das Aas nicht brüllte. Aber leider brüllte es oft.

Babygebrüll ist was ganz Grässliches.

Ich glaube, ich will nie ein Baby haben. Riki auch nicht. Das Aas hat uns total abgetörnt.

Neben Rikis Klingel ist außen ein Schild, darauf steht ganz schnörkelig:

*Silke und Uwe Hoffmann
mit Henrike und Klaas*

Ich drückte nur ganz leicht und ganz kurz auf die Klingel, damit Rikis Mutter nicht wieder losmeckerte, weil ich womöglich das Aas geweckt hatte.

Riki machte auf. Sie grinste, legte den Finger auf die Lippen und winkte mich rein. Auf Zehenspitzen schlichen wir den Flur entlang zu ihrem Zimmer.

»Wer war denn da, Rikilein?«, rief Rikis Papa aus dem Wohnzimmer.

»Paul. Wir gehen in mein Zimmer.«

»Gut, gut, mein Schatz. Aber denk dran, um halb sieben gibt es Abendbrot.«

»Ja-haa, großer Häuptling.« Riki rollte die Augen hin und her und ich musste kichern.

Dann machten wir die Tür hinter uns zu und lachten laut raus. Aber so ganz richtig ablachen konnte ich nicht.

Riki merkte das. »Was hast du denn?«

»Och, nur so.« Ich zupfte an ihrem Bettüberwurf rum, damit ich sie nicht ansehen musste. Sonst kriegte ich vielleicht am Ende wieder die Heulerei.

»Also das Froschmaul?«

Ich nickte. »Uschi hat überhaupt keine Zeit mehr für mich. Ätzend.«

»Hm«, machte Riki. »Ächt ätzend, in ächt.«

Wir kuckten den Teppich an. Da waren immer noch die Brandstellen von damals, als wir ein Lagerfeuer aus alten Zeitungen gemacht hatten, aber nur ein ganz kleines.

Rikis Vater nannte das einen Zimmerbrand. Aber er löschte ihn so schnell, dass es eigentlich gar keiner wurde. Wenn man mich fragt. Eher eine Kokelei. Ich hätte nie gedacht, dass Ökoteppiche so stinken können. Riki auch nicht. Sie ist damals ein paar Wochen lang zu ihren Eltern ins Schlafzimmer gezogen. Doch dann wurde Silke schwanger und Riki musste zurück in ihr Zimmer. Da war der Gestank dann allerdings auch inzwischen verflogen.

Ewig lange war das her, aber schon damals konnte Riki das Aas nicht leiden, obwohl wir gar nicht wussten, dass es ein Bruder werden würde. Sie meinte, er hätte sie vertrieben. Aus dem Elternschlafzimmer und auch sonst.

»Und bei dir?« Ich legte mich rücklings auf den Teppich und starrte auf die Leuchtsterne oben an der Zimmerdecke. Sie waren schon ziemlich alt und leuchteten nicht mehr besonders gut.

»Bei mir?« Riki zog eine Schnute. »Klaasi hier, Klaasi da«, quietschte sie mit ganz hoher Stimme los. »Klaasi kann schon sitzen, schau mal, wie er seinen Löffel hält, nein, wie süß, nein, wie niedlich. Guck doch nur mal, wie ent-zü-ckend!«

Ich musste kichern. Riki konnte Leute klasse nachmachen. Aber auf einmal fing sie an zu heulen.

Ich kriegte einen mordsmäßigen Schreck.

Riki gehört eigentlich nicht zu den Mädchen, die bei jedem Pieps losheulen. Deshalb spiele ich ja so gern mit ihr.

»Immer ha-haben sie bloß Zeit für – hicks – das Aas!« Sie schluchzte und hatte einen Schluckauf. »Als ob es mihich gar nicht mehr geben wür – hicks! – de! Ich finde die alle so gemein! Hicks!«

Ich konnte Riki gut verstehen, aber trotzdem war mir das Heulen peinlich. Ich schaute ganz angestrengt hoch und zählte die Sterne. Acht und zwei Monde.

»Ich hab keine Lust mehr«, heulte sie weiter. »Hicks!«

»Ich auch nicht«, sagte ich.

Wieso eigentlich zwei Monde?

»Am liebsten würde ich abhauen.« Riki zog den Rotz hoch und wischte sich mit einem T-Shirt, das auf dem Boden lag, die Augen. »Vielleicht kann ich ja zu meiner Oma ziehen.«

»Du hast es gut!«

Ich habe nämlich keine Omas und Opas mehr. Nur einen Vater. Aber Ben wohnt ganz weit weg, in San Francisco in Amerika, weil wir schon seit urlanger Zeit geschieden sind. Ich kenne ihn nur von früheren Fotos und von seinen Briefen, aber er schreibt mir immer nur zum Geburtstag, deshalb kenne ich ihn eigentlich nicht besonders gut.

»Quatsch, gut! Meine Oma ist ein Putzteufel und mein Opa raucht immer stinkige Zigarillos. Da kann ich auch gleich beim Aas bleiben.« Riki seufzte ganz lange und ich seufzte auch ein bisschen, weil es manchmal ganz gemein schwierig ist mit dem Leben und überhaupt.

Dann spielten wir »Labyrinth der Meister«, aber ich kriegte saublöde Kärtchen und Riki war viel schneller durch.

Das hob meine Laune auch nicht gerade.

Danach holten wir Struwwel aus dem Käfig. Struwwel ist Rikis Meersau und kann unheimlich schnell rennen, besonders unters Bett. Diesmal auch wieder. Aber wir hatten keine Lust hinter-  herzukriechen und ließen sie einfach da unten hocken, weil es nicht schwierig war, sie wieder vorzulocken: Man musste nur was zu fressen hinhalten. Doch keiner von uns wollte in die Küche, was holen gehen.

Als wir gerade überlegten, womit wir als Nächstes die Zeit totschlagen könnten, kam Uwe zur Tür rein.

»Tut mir Leid, ihr zwei, aber Paul muss jetzt nach Hause. Riki muss mir beim Tischdecken helfen.« Uwe wedelte mit der einen Hand, mit der anderen hielt er Klaas fest, der in einer Stofftasche vor seiner Brust hing.

»Na, Papa Känguru?«, sagte Riki und ich musste grinsen. Das war das Tolle an ihr, immer fiel ihr irgendwas Lustiges ein, auch wenn ihr gar nicht besonders fröhlich zu Mute war. Sie hüpfte wie ein Känguru durchs Zimmer bis raus in den Flur und Uwe und ich lachten.

Da tauchte Silke in der Küchentür auf. »Was gibt es denn hier zu lachen? Riki, hör mit der Alberei auf. Los, deck den Tisch. Ich will heute Abend ins Kino, da müssen wir uns ein bisschen beeilen.«

Riki zog eine Grimasse und bewegte die Lippen, aber das konnte nur ich sehen.

»Altes Aas!«, hatte sie gesagt, da war ich mir ganz sicher.

4

Ich schloss mein Fahrradschloss auf und fuhr langsam nach Hause und dachte wieder daran, wie einfach mal alles gewesen war.

Schließlich hatte Uschi früher auch ab und zu mal einen Freund gehabt. Manche von denen waren ja ganz nett. Ich konnte es bloß nicht leiden, wenn sie mit denen knutschte. Das war mir oberpeinlich und da habe ich mich immer aus dem Staub gemacht.

Einer hieß Olaf. Der wollte immer Radtouren machen.

Uschi kaufte sich ein Rennrad und schwärmte von der tollen Wirkung, die regelmäßiges Radfahren auf die Gesundheit haben soll. Jedes Wochenende mussten wir mit Olaf losstrampeln. Damals kriegte ich mein Mountainbike, mit allen Extras und zwölf Gängen und einem Lenker zum Drauflehnen und so weiter und so fort.

Obwohl Olaf dabei war, machte mir das Radfahren echt Spaß, besonders mit den vielen Gängen. Eigentlich braucht man die hier gar nicht, weil bei uns alles platt wie ein Pfannkuchen ist, aber es machte Spaß aufzudrehen. Dann stellte ich mir vor, ich wäre Jan Ullrich und würde das gelbe Trikot gewinnen.

Uschi hatte nicht so viel Spaß dran. Sie hatte geschworen, dass sie jetzt morgens immer mit dem Rad ins Büro wollte, ganz egal, welches Wetter, aber dann erwischte ich sie, wie sie mit ihrem roten Flitzer losdüste, obwohl ja Abgase sooo schlecht für die Umwelt sind und wir schon x-mal dagegen demonstriert hatten. Jedenfalls legte sich ihre Begeisterung fürs Radfahren ziemlich schnell und irgendwie auch die für Olaf. Er kam immer seltener und dann gab es ein paar bitterböse Telefongespräche und schließlich verschwand er aus unserem Leben.

Ein paar Monate später schleppte sie Gunther an. Gunther war Fußballfan und schwärmte für Werder Bremen, wahrscheinlich aus Lokalpatriotismus, denn gerade war der tolle Trainer gegangen und Werder verlor pausenlos.

Gunther wollte mir unbedingt das Fußballspielen beibringen und schleppte mich abends auf den Bolzplatz, wo ich aufs Tor halten musste, während er mir zubrüllte, wie ich den Ball annehmen sollte, den er mir vor den Bauch schoss.

Gunther hatte echt viel Ahnung vom Fußballspielen und brüllte immer »Flanke!« und »Jetzt den Pass rüber!« und »Vorsicht, Abseits!«. Ich bekam den Ball auch schon mal an die Birne. Das tat verdammt weh und seither bin ich Bayern-München-Fan.

So krakeelte Gunther aber nicht nur auf dem Bolzplatz und im Stadion herum, sondern auch bei uns zu Hause vor dem Fernseher. Uschi und ich konnten nicht »Liebling Kreuzberg« sehen, weil gleichzeitig ein Länderspiel lief, das er unbedingt kucken musste. Das war nicht sehr schlau von ihm, denn Uschi ist immer ganz wild auf den »Liebling«, weil sie total auf Manfred Krug steht. Ich steh mehr auf Senta, aber stinksauer waren wir beide, dass wir irgendwelchen Fußballern beim Kicken zusehen mussten und deshalb unseren »Liebling« verpassten.

Das Ganze endet dann ebenfalls mit einem bitterbösen Telefonat, aber vorher hat Uschi ihm noch seinen ganzen Stapel Fußballzeitungen durchs Treppenhaus nachgeschmissen. Leider hat er sie nicht mehr gewollt und ich musste sie alle wieder einsammeln und zum Papiercontainer bringen.

Der Letzte vor dem Froschmaul hieß Manfred und war auch ein Reinfall.

Er wollte immer klassische Musik hören und machte schon morgens im Bad beim Rasieren ganz komische Geräusche, so »hmmmm-da-da duhu dum dum«. Weil Uschi und ich morgens ja keine lauten Geräusche abkönnen, ging uns das tierisch auf den Zeiger.

Beim Sonntagsfrühstück gab es jetzt immer die »Brandenburgischen Konzerte« und abends statt »Liebling« oder »Kommissar Rex« Klavierkonzerte oder Trompetensolos.

In dem Halbjahr hatte ich in Musik gerade »Einführung in die klassische Musik« und ich habe super abgeschnitten, weil ich mehr wusste als die anderen. Die kannten bloß die Spice Girls oder die Backstreet Boys oder solche Hip-Hop-Typen, da war ich fein raus. Ein paar von diesen klassischen Stücken haben mir sogar echt gefallen, zum Beispiel die »Vier Jahreszeiten«, wo da im Sommer der Hund schläft und von dem Knochen träumt und man das richtig in der Musik erkennen kann. Manfred konnte das auch alles gut erklären, aber Uschi langweilte sich ziemlich bald und wollte nicht mehr mit in die Konzerte, für die sie sich extra ein Abo gekauft hatte. Das schenkte sie ihrer Freundin Hanne und dem Manfred gab sie den Abschied.

»Du brauchst keine *Frau*, du brauchst eigentlich bloß einen CD-Player«, brüllte sie ins Telefon und dann sagte sie noch, er solle seine gesamte Dudelei wieder abholen, Schluss, aus, vorbei.

Danach ging es uns lange gut.

Wir kuckten »Liebling« und »Kommissar Rex«, mampften Chips und tanzten Sockenrock und muffelten uns morgens wunderbar zufrieden an.

Aber wahrscheinlich war bloß ich zufrieden und Uschi nicht. Sonst wüsste ich nicht, warum sie unbedingt schon wieder einen Typen anschleppen musste.

Es war an ihrem Geburtstag; abends ging sie mit den Kollegen und Kolleginnen weg, um einen auszugeben. Aber in der Kneipe waren leider auch noch andere Leute und auch der, mit dem sie schon ein paar Tage vorher auf der Demo geturtelt hatte.

Leider.

Es fing damit an, dass sie an einem grauen Regenmorgen im April nicht muffelte, sondern unter der Dusche laut sang. Völlig untypisch.

Ich kriegte sofort Gänsehaut, weil ich ahnte, dass irgendwas Schreckliches im Anmarsch war.

Ich hatte Recht, nur wusste ich damals noch nicht, *wie* schrecklich.

Geholfen hätte das allerdings auch nichts.

Mittags ging es mir noch ganz gut, da machte ich mir eine gesunde Kleinigkeit zum Essen. Ich achte immer

darauf, dass mein Mittagessen mit frischem Gemüse ist, weil Uschi das wahnsinnig wichtig findet. (Wahrscheinlich haben wir auch schon mal für Gemüse im Mittagessen demonstriert.) Jedenfalls hatte ich mir in mein hochgesundes Essen ein frisches Salatblatt geklemmt und überlegte gerade, ob saure Gurken auch unter Gemüse fallen, als das Telefon klingelte.

Mama war dran.

»Na, mein Schätzchen, machst du dir auch schön was zu essen?«

So was fragt sie sonst nicht, deshalb wunderte ich mich.

»Klar.«

»Also, ich rufe nämlich an, weil es heute ein bisschen später wird. Du musst dich heute Abend eben mal allein versorgen. Geht das in Ordnung?«

»Klar.« Schließlich bin ich ja kein kleines Kind mehr. Als sie mit Manfred immer in diese Konzerte schlumpfte, musste ich mich auch öfter allein ins Bett bringen.

»Dann ist es ja gut, mein Schätzchen. Bis morgen frühü!«

Da war ich von den Socken.

So was Bescheuertes.

Warum führte sie sich so auf?

Hörte da am anderen Ende noch jemand zu?

Mit wem ging sie denn heute Abend weg?

Fragen über Fragen.

5

Die Antwort bekam ich am Wochenende.

Da kam ER uns besuchen.

Als es klingelte, war Uschi noch im Bad und schrie: »Mach doch schon mal auf, Paulchen!«

Ich machte also die Tür auf.

Da stand er.

Ich sah nur diesen schrecklich breiten Mund von ihm.

Das Froschmaul.

Während er damit auf mich runtergrinste, kam Uschi aus dem Bad und er knutschte sie ab. Einfach so.

Sie hing an seinem Hals und er schlotzte und schleckte mit diesem schrecklichen Froschmaul an ihr rum, dass ich mich richtig ekelte.

Bäh!

Wie konnte sie nur?

Das war bestimmt nass und glitschig und – iieehhh, einfach widerlich!

Ich stand also da und schaute dieser Küsserei zu und der Magen drehte sich mir um.

Irgendwann ließ er dann meine Mama los und grinste mich wieder an.

»Du bist also Paul!«

So ein Schnellmerker.

Ich nickte.

»Das freut mich riesig, dass ich dich kennen lerne!« Er streckte mir seine Pranke entgegen. Mich freute das nicht.

Ich brummelte irgendwas und schaute seine Hand an, als hätte er Schwimmhäute zwischen den Fingern.

Uschi merkte natürlich, dass ich nicht begeistert war, und gab mir einen heimlichen Stups. »Ach, er ist manchmal ein bisschen schüchtern. Nicht, mein Kleiner?«

Kleiner. Auch das noch.

Ich sah sie mit einem bitterbösen Blick an, der ihr klarmachen sollte, dass sie da nur Kacke redete, aber sie strahlte längst schon wieder das Froschmaul an.

»Er braucht einfach seine Zeit, um sich mit einem erwachsenen Mann anzufreunden. Schließlich sind Männer in unserem Haushalt ja Mangelware.«

»Wieso?« Ich reckte den Kopf. »Hast du denn Manfred vergessen und Gunther und …«

»Nun hör sich einer diesen Klugscheißer an!« Uschi lächelte, aber ich merkte genau, es war ein böses Lächeln.

Scheiße. Jetzt war sie bestimmt beleidigt.

»Ich geh dann jetzt; bin mit Olli verabredet«, sagte ich und versuchte mich an dem Paar, das zur einen Hälfte aus meiner Mutter bestand, vorbeizudrücken.

»Moment!« Uschi verstellte mir den Weg. »So haben wir nicht gewettet, mein Freund. Ich habe dir gesagt, dass wir diesen Samstag was gemeinsam unternehmen. Schließlich müsst ihr beide euch ja kennen lernen.« Sie warf dem Froschmaul einen Schmalzblick zu. »Er braucht ein bisschen Zeit.«

Dieser Bettelton in ihrer Stimme! Ich hätte auf der Stelle kotzen können. Warum musste sie so schleimen? Das hatte sie doch gar nicht nötig, meine Uschi! Das Froschmaul legte ihr den Arm um die Schultern.

»Weißt du, ich finde, wir sollten Paul das selbst entscheiden lassen. Vielleicht hat er ja was Besseres vor, als mit alten Leuten einen Spaziergang zu machen.«

Garantiert hatte ich das. Aber meine Mama sah das anders.

»Nein, ich möchte gern, dass Paul mitkommt, und er wird sich sicherlich mal ein Stündchen von seinen Kumpels losreißen können.«

Sie funkelte mich an, aber ich kuckte schnell weg, auf den Fußboden, weil ich ihren Funkelblick schlecht abkonnte. Der bedeutete immer, dass es noch Stunk geben würde, wenn wir erst mal unter uns wären. Dabei hatte ich mit ihr persönlich gar kein Problem, ich wollte bloß nicht mit diesem neuen Kerl einen auf Freundschaft machen.

Anscheinend merkte er das, denn er versuchte es noch mal: »Aber wenn er eine Verabredung hat? Er kann doch seinen Kumpel nicht sitzen lassen!«

Genau. Konnte ich nicht. Es gab zwar gar keinen Kumpel, mit dem ich verabredet war, aber den konnte ich trotzdem unmöglich im Stich lassen.

Ich sagte: »Ich muss echt zu Olli«, und wollte wieder vorbeischlüpfen, aber Mama erwischte mich am Arm.

»Hier geblieben. Wir machen jetzt den Spaziergang. Und du wirst dich nicht wie ein Rumpelstilzchen benehmen, verstanden?«

So was Peinliches. Jetzt kam sie mir auch noch mit Märchen.

Ich sah wieder auf den Fußboden, diesmal war ich sauer. Aber sie sollte bloß nicht glauben, dass sie mich bei meiner Notlüge erwischt hatte.

»Dann muss ich aber erst noch Olli Bescheid sagen, dass ich nicht komme.« Ich sah hoch, ihr direkt in die Augen. Blinzelte sie?

»In Ordnung. Da ist das Telefon.« Sie drehte sich um und sagte irgendwas zum Frosch, während meine Hände feucht wurden und ich verzweifelt überlegte, wie ich dieses Telefonat hinkriegen sollte. So, wie das die Detektive im Film machen, wenn sie nur zum Schein telefonieren?

Ich drehte den beiden den Rücken zu, hob den Hörer ab und wählte. Ollis Nummer kannte ich auswendig. Dann ließ ich es einmal bimmeln und danach drückte ich unauffällig auf die Hörertaste. Das Freizeichen tutete so laut, dass ich schon Angst hatte, die beiden könnten es auch hören. Deshalb drückte ich den Hörer so fest aufs Ohr, dass es fast wehtat.

»Hier ist Paul. Guten Tag. Kann ich mal bitte Olli sprechen?«

Tüüüüüüüt...

»Hallo, Olli. Du, tut mir Leid, aber wir können uns heute nicht treffen, mir ist was dazwischengekommen.«

Tüüüüüüüt...

»Ich erklär's dir morgen in der Schule, okay? Tschüss dann.«

Ich legte ganz schnell auf und drehte mich um. Uschi sah mich an, aber ich konnte nicht erkennen, ob sie sauer war oder nicht. Sie hatte so ein Ich-weiß-genau-was-da-läuft-Gesicht und das gefiel mir überhaupt nicht.

Ich räusperte mich, weil ich einen Frosch im Hals hatte. Frosch.

Der war an allem schuld.

Dieser Widerling.

Ich merkte, wie mir vor lauter Wut die Tränen kamen. Ich räusperte mich wieder.

»Na, Paule? Dann hast du das mit deinem Kumpel ja geklärt«, sagte er ekelhaft gut gelaunt und außerdem stand er viel zu dicht bei meiner Mama. Der kroch ihr ja förmlich auf die Pelle. Ekelig.

»Das hat er ganz bestimmt«, sagte Uschi, und da wusste ich, dass sie mein Scheintelefonat durchschaut hatte, aber nicht jetzt darüber reden wollte. »Dann können wir ja los.«

Ich nickte und nahm meine Jacke vom Haken.

Es wurde ein superbeschissener Spaziergang. Die beiden gingen untergehakt über die Wege im Bürgerpark und ich dackelte hinterher.

Sie unterhielten sich, Uschi lachte alle zehn Meter und das Froschmaul grinste mit seiner Riesenfressluke auf sie runter. Oh, wie ich diesen Macker hasste! Wenn Wut brennen könnte, hätte ich ihm mit meinen Blicken Löcher in die Jeans gesengt. Ich hätte ihm diese blöden, langen braunen Haare verkohlt. Ich hätte ihm Löcher in die Kniekehlen gebohrt, bis er umgekippt wäre.

So ein öder Spaziergang. So was Beklopptes wie ein Samstagnachmittagsspaziergang im Bürgerpark. So was fällt auch nur einem Froschmaul ein.

Dann wollte er mit uns Bötchen fahren. Das mach ich eigentlich wahnsinnig gern. Uschi will immer nicht, weil ihr das Rudern zu anstrengend ist.

Eigentlich hätte ich mich ja freuen können. Das Problem war nur, dass ich plötzlich gar nicht mehr Boot fahren wollte. Kein kleines bisschen. Sollten sie doch allein durch die Kanäle rudern, am liebsten auch noch kentern und ins Wasser plumpsen und ertrinken.

Na ja, Uschi natürlich nicht.

Aber er.

Leider musste ich auch einsteigen, weil Uschi wieder ihren Funkelblick angeschaltet hatte.

Ich saß auf meinem Bänkchen und ließ mich vom Froschmaul durch die Kanäle rudern. Es war ein richtig wunderschöner Frühlingstag. Die Bäume hatten schon ihr volles Laub und die Sonne schien zwischen den kleinen Blättern durch und malte Kringel auf das dunkle Wasser.

Uschi lehnte sich zurück und seufzte vor Behagen. »Ach, das ist schön! Das haben wir schon seit Jahren nicht mehr gemacht, was Paul?«

»Nö.«

»Findest du es nicht auch wunderschön?«

»Hm.«

»Ach, Paule, mein Schätzchen, nun hör doch endlich auf, die beleidigte Leberwurst zu spielen, und freu dich über den schönen Tag!«

Ffft! Freuen!

Wenn sich die eigene Mutter aufführte wie eine von Tictactoe! Saß wie ein alberner Teenie da und himmelte den neuen Kerl an.

Der lächelte ihr zu. Er war total verliebt.

Ich kannte diese Blicke, die hatte ich schon bei den anderen Freunden von meiner Mutter mitgekriegt. So eine Mischung aus »Ich beschütze dich« und »Ich finde dich ja so niedlich« und »Bin ich nicht ein toller Kerl?«.

Diese Frage hätte ich ihm jederzeit beantworten können, und zwar klipp und klar. Nein, er war kein toller Kerl. Kein bisschen. Ich fand ihn voll fies, wie er sich da an Uschi ranschmiss. Na ja, sie fand ich auch ziemlich peinlich, doch sie war schließlich meine Mutter, da muss man auch schon mal was übersehen können. Aber nicht bei ihm!

Ich lehnte mich ganz weit über den Bootsrand, damit sie merken sollte, dass es mich auch noch gab.

»Paul! Lass das! Wenn du jetzt ins Wasser fällst, muss Bernd dir nachspringen!«

Das war ja wohl der Gipfel – wenn ich ins Wasser fiel, tat ihr bloß Leid, dass der Typ nasse Klamotten kriegte. *Ich* war ihr völlig egal! Wozu wollte sie mich eigentlich dabeihaben? Eigentlich wollte sie mich doch los sein. Ich störte doch bloß.

»Nee, ich spring nicht hinterher«, sagte Froschmaul. »Ich wette, Paul hat schon den Freischwimmer.«

Ich sah ihn böse an. Frei! So ein Kikikram! Ich hatte längst den Fahrten. Das wusste Uschi übrigens am besten.

Ich drehte mich um und kuckte in die entgegengesetzte Richtung, da brauchte ich nicht mehr mit anzusehen, wie die beiden sich ihre Verliebtenblicke zuwarfen. Ich wollte nur noch aussteigen und nach Hause.

Aber leider kam er mit.

Zu Hause machte er dann einen auf Kumpel und fragte: »Na, was hast du für Hausaufgaben auf?«

Am liebsten hätte ich ihn angebrüllt, dass ihn das einen feuchten Tintenklecks anginge, aber ich sagte nur: »Nichts. Übers Wochenende kriegt man nichts auf.«

»Ts, ts, ts«, sagte er. »Da haben sich die Zeiten ja gewaltig geändert. Wenn ich daran denke, wie mir die Hausaufgaben immer die Wochenenden versaut haben...«

»Kannst du mal sehen«, zwitscherte Uschi aus der Küche, wo sie was zum Abendbrot brutzelte, »die Kinder haben es heute viel leichter.«

»Na, ich weiß nicht.« Er lachte. »Dafür müssen sie heute Computer lernen und tausend Fremdsprachen und die Relativitätstheorie und was weiß ich.«

»Das kommt erst in der Oberstufe«, knurrte ich und ging in mein Zimmer.

Ein Schleimer.

Ein Ranschmeißer.

Der wollte sich bei mir einschmeicheln.

Das Essen war ziemlich ungemütlich.

Wenigstens für mich.

Die beiden Erwachsenen unterhielten sich und lachten. Ab und zu fragten sie mich was, aber ich hatte keine Lust, mit ihnen zu reden, und sagte immer nur Ja oder Nein.

Sowie das Essen vorbei war, räumte ich ruck, zuck ab und verschwand in meinem Zimmer.

Ich hörte sie im Wohnzimmer reden und lachen. Dann kam nur noch Türenklappen. Leider waren es nur Zimmertüren, nicht die Wohnungstür, die erkennt man immer an ihrem Spezialquietscher.

Scheiße.

Der Typ blieb da.

Uschi ließ das Froschmaul bei uns übernachten.

Und das Schlimmste: Sie war nicht in mein Zimmer gekommen und hatte mir keinen Gutenachtkuss gegeben.

War sie sauer auf mich?

Oder hatte sie mich vergessen?

Weil an dem Tag alles irgendwie schief gegangen war, versuchte ich es mit Beten. Darin war ich nicht gerade geübt und ehrlich gesagt genutzt hatte es bisher auch noch nie, aber vielleicht klappte es diesmal.

Lieber Gott, mach, dass das Froschmaul wieder verschwindet. Danke schön und amen.

Eigentlich hätte ich mir gleich denken können, dass das auch nur wieder ein Schuss in den Ofen war ...

6

Ab da stand unser Leben auf dem Kopf.

Morgens beim Frühstück wurde dauernd gesabbelt. Ich konnte mich kein bisschen auf den Tag konzentrieren, der vor mir lag.

Das Froschmaul kaufte ein und kochte auch.

Er konnte sogar Spagetti mit Fleischsoße. Was eigentlich mein Lieblingsessen ist. Aber seine Spagetti hätte ich ihm am liebsten mitsamt den Fleischbällchen vor die Füße gekotzt.

Er brachte mir Nusscreme mit, obwohl das auf Uschis Ungesundliste stand, weil er als kleiner Junge immer so gern Nusscreme gegessen hat.

Ich schraubte nicht mal den Deckel auf, geschweige denn, dass ich die braune klebrige Pampe probierte.

Er reparierte unseren Staubsauger, weil der schon ein paar Wochen lang nur noch ganz leichte Flusen aufgesaugt hatte. Ich klaute heimlich eine Schraube, aber leider kriegte er ihn trotzdem wieder hin. Das alte Ding ging anschließend wieder richtig gut und saugte sogar meine Dominosteine weg. Da hätte ich ihm vor Wut am liebsten den ganzen Staubsauger um die Ohren gehauen.

Und dann leistete er sich den dicksten Knüller. Er brachte mir Bücher mit. Neue aus dem Laden, wo er arbeitete. Und alte, die er früher gern gelesen hatte. Ich schaute mir nicht mal die erste Seite an, sondern warf sie gleich in die Zimmerecke. Aber er kam nie in mein Zimmer. Deshalb konnte er auch nicht sehen, dass die Bücher alle auf einem Häufchen in der Zimmerecke lagen und ganz schrecklich ungelesen aussahen. Wahrscheinlich wartete er darauf, dass ich ihn in mein Zimmer einlud, aber da konnte er lange warten.

Mein Zimmer war für Froschmäuler verboten.

Absolutes Froschmaulverbot bei Paul Johannsen.

Mich stank das alles echt an. Unser ganzes Leben war anders geworden. Nie mehr saßen wir vor der Glotze und knabberten Chips. Abends musste ich immer nach dem Abendessen ins Bett, auch wenn »Kommissar Rex« kam. Und »Liebling Kreuzberg« kuckte Uschi jetzt immer mit dem. An manchen Abenden war mir so elend, dass ich am liebsten geheult hätte, aber damit kriegte ich ihn auch nicht verjagt.

Als ich an einem Sonntagabend nach Hause kam, saßen Uschi und Froschmaul schon beim Abendbrot.

»Gut, dass du da bist, wir essen heute früher, weil Bernd und ich noch ins Theater wollen.«

Ich starrte sie bloß an und sagte nichts.

»Was ist denn? Komm, setz dich her, die Bratlinge sind noch warm.«

»Nein.«

»Was? Wieso? Willst du denn nichts essen?«

»Du kannst doch heute nicht ins Theater gehen!« Ich sah sie an und merkte, wie ich vor lauter Verzweiflung einen ganz engen Hals kriegte. Sie hatte es vergessen!

»Wieso denn nicht?« Sie plinkerte mit den Augen. »Ach, du meinst... Du liebes bisschen, das hab ich ganz vergessen. Tut mir Leid. Aber das können wir doch ein anderes Mal machen...«

Ph. Können wir gar nicht. Ich konnte aber nichts sagen, weil ich sonst losgeheult hätte.

»Was ist denn?« Natürlich musste sich das Froschmaul wieder einmischen. Als ob ihn das was anginge.

»Och, lass nur.« Uschi lächelte ihn strahlend an. »Paulchen und ich haben am ersten Sonntag im Monat immer eine Verabredung. Dann kucken wir uns ein Video an oder quatschen oder Paul spielt mir seinen neuesten Rapper-Song vor. Was eben wichtig ist.«

»Davon hast du mir gar nichts gesagt!« Froschmaul machte echt einen auf vorwurfsvoll.

Seit wann musste sie ihm denn alles sagen?!

»Na ja, ehrlich gesagt, ich hab es wohl vor lauter Freude über das Theater vergessen!« Sie wandte sich mir zu. »Sieh mal, Schätzchen, du erlaubst mir doch bestimmt, dass wir mal ausnahmsweise den zweiten Sonntag nehmen, ja?«

Gar nichts erlaubte ich. Ich drehte mich auf dem Absatz um und ging raus, in mein Zimmer.

Ich war ihr nicht mehr wichtig.

Nur noch Froschmaul war wichtig.

Mich brauchte es gar nicht mehr zu geben.

Ich störte ja bloß.

Ich zog mich schnell aus, schlüpfte unter die Decke und wickelte mich ganz fest ein.

Es klopfte. Sehr leise. Ich stellte mich taub.

Die Tür ging auf.

»Ach, Paul, nun sei doch nicht so knickerig – gönn mir doch auch mal eine Freude!«

Ich! Sollte! Ihr! Eine! Freude! Gönnen! Da lachen ja die Hühner.

Und was für eine Freude gönnte sie mir???

»Sieh mal, wir verschieben es einfach auf nächsten Sonntag, okay? Gib dir einen kleinen Ruck und sag Ja!«

Ich gab mir überhaupt keinen Ruck und sagen tat ich auch nix.

»Also gut. Dann verschieben wir unsere Verabredung auf nächsten Sonntag. Tschau!« Dann hörte ich, wie die Tür leise einklickte.

7

Am Montagnachmittag machte ich mir eine Riesentüte Pommes im Backofen heiß und stellte mir eine Untertasse voll mit Ketschup und eine mit Majo hin. Dann aß ich alle Pommes auf, mal weiß, mal rot, oder auch rot-weiß und weiß-rot. Es hätte klasse geschmeckt, wenn ich nicht so sauer gewesen wäre. Dieses blöde Froschmaul verdarb mir mittlerweile auch schon das Solo-Essen!

Nach dem letzten Pommesstäbchen war ich pappsatt, weil ich auch die kleinen hutzeligen gegessen hatte, die sonst immer übrig blieben. Aber so richtig gut ging es mir trotzdem nicht. Nicht mal nach dem Rülpser.

Später holte ich mein Rad aus dem Keller und fuhr zu Riki. Ihre Mutter machte auf. Sie sah heute besonders knitterig aus.

»Oh, Paul, da wird sich Riki aber freuen. Wir hatten nämlich einen schlimmen Streit! Komm rein.«

Ach du meine Güte. Anscheinend wurde überall nur noch gestritten.

Ich klopfte an Rikis Tür.

»Humpf«, machte es drinnen.

Anscheinend wurde auch überall geheult.

Riki heulte nicht, weil ihr was wehtat, sondern weil sie stinkig war, das sah ich sofort.

»Setz dich da hin!« Sie zeigte auf das dicke Kissen neben

ihrem Bett. Ich setzte mich. Mit meinem dicken Pommesbauch konnte ich sowieso schlecht stehen. Am Ende bekam ich womöglich noch Übergewicht und landete auf der Plauze.

Ich setzte mich aufs Kissen. Riki richtete sich auf und setzte sich auch hin.

»Ich hasse sie«, sagte sie ganz leise.

»Äh?«

Hassen ist ja eine ziemlich schlimme Sache, da wusste ich nicht so richtig, was ich sagen sollte.

»Ich bin total überflüssig hier, das fünfte Rad am Wagen, mich brauchte es gar nicht zu geben.« Sie musste Luft holen.

»Warum?«

»Alles dreht sich bloß noch um dieses verschissene Gör. Um diesen Windelpisser. Um diesen Heideidei-tralala-Affen. Um diesen Schreikreischbrüller. Ich bin absolut überflüssig hier.«

Riki sah sich um, als wäre ihr hier alles fremd. Dabei war das doch ihr eigenes Zimmer, wo sie sozusagen von Geburt an drin lebte.

»Hrrm.« Räuspern war das Einzige, was mir dazu einfiel. Ich kannte Riki, wenn sie eine Wut hatte. Aber sonst redete sie nie so gefährlich. So, wie sie jetzt war, wurde mir ganz komisch. »Komm, wir fahren in den Park.«

Sie sah mich an. »Du hast Recht. Bloß weg. Hier braucht mich niemand mehr.« Sie stand auf und ich auch.

Draußen auf dem Flur hielt uns ihre Mutter an. »Wo wollt ihr hin?«

Riki kuckte an Silke vorbei auf den Flurspiegel, als ob sie was ganz Wichtiges darin entdeckt hätte, also antwortete ich.

»Wir fahren nur ein bisschen in den Park.«

»Gut, ihr beiden Süßen, tobt euch mal aus. Aber um sechs muss Riki wieder hier sein...« Sie unterbrach sich und kaute auf ihrer Unterlippe herum.

Riki drehte sich vom Spiegel weg. »Ja? Was darf ich dann für dich tun?«

Eisig. Igitt.

»Nun komm schon, tu nicht so, als ob wir dich als Haussklaven halten würden.« Silke lachte, doch irgendwie war daran nichts Komisches. »Aber es wäre ganz schön, wenn du um sechs wieder hier wärest. Ich möchte nämlich zur Frauengruppe und Uwe kann erst um sieben hier sein. Das macht dir doch nichts aus, oder?«

In Silkes Stimme klang ein kleines Bitten mit, aber Riki sah sie ganz cool an und sagte: »Es würde mir nichts ausmachen, wenn dieses Aas nicht dauernd brüllen würde.«

»Riki! Du sollst nicht so von deinem kleinen Bruder reden! Wie oft habe ich dir schon...«

»Jaja«, sagte Riki, machte die Wohnungstür auf und wartete, bis auch ich im Treppenhaus war, bevor sie sie zuschlug und brüllte: »Also bis sechs, verdammt noch mal!«

Wir fuhren bis ans äußerste Ende vom Park, wo kaum Leute hinkamen. Dort stellten wir die Räder ab und setzten uns an einen der Kanäle, die den Bürgerpark kreuz und quer durchzogen.

»Am liebsten würde ich abhauen«, murmelte Riki. »Die wollen mich doch gar nicht mehr.«

»Das meinst du doch nicht im Ernst!«

»Doch! Mein ich wohl!« Sie fletschte die Zähne und sah richtig gefährlich aus. »Und du solltest mitkommen, dir geht es bei deinen Verknallten doch genauso beschissen!«

»Ja, schon, aber abhauen?« An so was hatte ich noch nie gedacht.

Riki riss einen langen Grashalm aus und popelte sich damit in der Nase.

»Du wirst das schon noch einsehen. Abhauen ist das Einzige, was uns noch bleibt!«

Dann musste sie auf einmal laut kichern, aber nur weil der Grashalm so gekitzelt hatte.

»Stell dir bloß mal vor, wie die dumm kucken, wenn sie mit ihrem Superbaby allein dasitzen und keine automatische Babysitterin-Einkäuferin-Staubsaugerin mehr haben!« Sie ließ sich nach hinten fallen und kicherte böse.

»A-a-aber das kannst du doch nicht…«

»A-a machen kleine Kinder. Red doch nicht so komisch, Paul!«

Jetzt war *ich* sauer. Zur Abwechslung mal auf Riki. »Wie benimmst du dich eigentlich? Jetzt bist du auch schon zu mir so ekelig!«

»Bin ich gar nicht!«

»Wohl! Mit deiner Stinklaune verpestest du die ganze Luft um dich rum!«

»Hach! Wenn hier einer die Luft verpestet, dann ist es Paul Johannsen!«

»Sehr witzig!«

»Ach Quatsch! Hör auf damit!«

»Hör doch selber auf!«

Riki riss die Augen auf. »Womit soll ich aufhören, he?«

»Mit Rumbrüllen und Stänkern, du Stinkmorchel!«

Da fing Riki an zu kichern. »Stinkmorchel! Du spinnst ja!« Sie wälzte sich auf den Bauch. »Komm, wir hören mit dem Zanken auf. Ich will mich doch gar nicht streiten. Und schon gar nicht mit dir.«

Ich sagte nichts, aber mir war plötzlich ganz warm im Bauch. Oder in der Leber. Vielleicht war es auch der Magen. Egal. Jedenfalls war das Gefühl ziemlich schön.

»Na?« Sie beugte sich zu mir rüber und kitzelte mich mit einem Grashalm.

Ich musste niesen.

»Sag doch was!«

»Was.«

»Du bist doof.«

»Fängst du schon wieder an!« Ich rupfte eine Hand voll Gras aus und bewarf sie damit.

»Trottel! Da krieg ich doch Heuschnupfen!«

»Du und Heuschnupfen – schnief, schnief!« Ich zog eine Grimasse und Riki kicherte.

»Weißt du was, Paul? Ich hau wirklich ab. Wenn sie dauernd weiter so mit dem Aas rummachen und mich nur noch anschnauzen, dann hau ich ab! Garantiert!«

»Hm.«

»Kommst du mit?«

»Ich weiß nicht.«

»Blödmann.«

»Ich will ja gar nicht weg. Eigentlich hab ich Uschi doch lieb. Ich hoffe dauernd, dass sie ihn wieder rauswirft.«

»Und wenn nicht?«

Riki war manchmal wie Pattex, das an den Fingern festklebt. Zäh. Unheimlich zäh.

»Dann überleg ich mir was.«

Sie knurrte wie ein Hund und machte ihr fiesestes Cowboygesicht. »Überleg nicht zu lange, Fremder! Morgen schon könnte es zu spät sein!«

Ich tat so, als rückte ich meinen Stetson zurecht: »Nö, Lady, ich werde dran denken. Im äußersten Fall schießen wir es eben aus!«

»Au ja!« Riki war hochgesprungen, hatte ihren Colt gezogen und ballerte wie wild in der Luft rum. »Ich bin Cowboy und wir reiten durch die Prärie und unsere blöden Eltern können bleiben, wo sie wollen!«

Auch ich schoss mit dem Zeige- und Mittelfinger, blies in den Lauf von meinem Revolver und sagte ganz lässig: »Yeah.«

So machen sie das nämlich im Wilden Westen.

Dann sangen wir ein bisschen »Yippie-ay-yeah« und »Drrrrm, drrrrm, Bonanza« und taten so, als würden wir über unseren Köpfen Lassos wirbeln lassen.

Plötzlich kam mir ein Gedanke und ich hörte auf.

»Was hast du denn?« Riki tat so, als würde sie mir das Lasso überwerfen.

»Mir ist gerade was aufgefallen. Weißt du, bei diesen irre vielen Computerspielen hab ich noch nie eins mit Western gesehen.«

Riki knabberte an der Oberlippe. »Stimmt«, sagte sie, »ich auch nicht.«

»Eigentlich schade.«

»Wir könnten ja eins erfinden.«

»Hä? Seit wann kannst du Programme schreiben?«

»Na ja, allein vielleicht nicht. Aber zusammen?«

Ich überlegte. Keine schlechte Idee.

Als wir nebeneinander durch den Park nach Hause fuhren, dachten wir uns eine tolle Geschichte aus. Von einer Farmerfamilie und ihren indianischen Freunden und vielen Pferden, Hunden und Kühen, weil die auf eine Ranch gehören.

»Neee, die haben doch Rinder.« Ich fuhr Schlangenlinien.

»Na und? Kühe sind auch Rinder!«

»Na ja, aber Rinder sind mehr!«

»Wieso?«

»Blödi! Weil dazu Stiere und Bullen und Ochsen gehören, deshalb!«

»Das ist doch alles dasselbe!«

»Ist es nicht!«

»Ist es wohl!«

»Doch!«

»Gar nicht!«

»Du bist doof!« Manchmal konnte Riki mich echt wütend machen.

»Selber doof!«

»Papagei!«

»Mamagei!«

»Weißt du, was du bist? Du bist ...«

Bevor ich den Satz zu Ende sprechen konnte, kreischte sie schon: »Paul ist dämlich!«

Ganz laut.

Bestimmt hatten das alle Leute im Park gehört.

Ich bekam einen roten Kopf, drehte mein Rad um und fuhr den Weg zurück, den wir gerade gekommen waren.

Zum Glück waren nur wenige Leute da. Eigentlich fast gar keine. Ich strampelte wie verrückt und regte mich langsam wieder ab. Riki war in letzter Zeit wirklich gemein. Als ob sie dauernd auf ein Zankthema lauerte. Irgendwie war das Leben im Augenblick echt beschissen. Erst hängte sich Uschi diesem Froschmaul an den Hals. Dann war Riki dauernd so kratzbürstig und wollte immer streiten.

Ich beugte mich tief über meinen Rennlenker und spielte Jan Ullrich. Hier war der Park nämlich zu Ende und es gab kaum noch Spaziergänger.

Allmählich beruhigte ich mich wieder.

In meinen Ohren rauschte der Fahrtwind jetzt etwas weniger. Ich hörte es hinter mir klingeln und fuhr an die Seite. Aber niemand überholte mich. Es war nämlich Riki und das Klingeln war unser Zeichen für Anhalten.

Wir standen nebeneinander und hielten unsere Räder fest.

»Uiuiuiuiui.« Riki streichelte mir mit der einen Hand übers Gesicht. »Tut mir Leid. Dass ausgerechnet du immer meine ganze Wut abkriegst. Wo du doch mein bester Freund bist.«

Da ging es mir ritschratsch wieder gut. Ich grinste und pustete mir die Haare aus den Augen. »Schon gut.«

»Neee.« Riki schüttelte den Kopf. »Nichts ist gut. Da wird man richtig zum Stinkstiefel und will es doch gar nicht.«

»Ist schon okay.«

»Blödmann. Nix ist okay.«

»Fang nicht schon wieder an!«

Sie seufzte.

»Komm, Paul, wir fahren nach Hause. Aber eins weiß ich genau: Lange mach ich das nicht mehr mit. Wenn ich bloß an zu Hause denke, kribbelt es mich in meinen Gedärmen.«

Ich musste lachen, als ich mir das vorstellte. So was. Riki hatte aber auch komische Ideen.

8

Am nächsten Tag kriegten wir einen Neuen in die Klasse. Er hieß Manuel und hatte ganz schwarze Augen.

Frau Semmler setzte ihn neben mich, weil Jochen fehlte, und sagte, ich solle mich um ihn kümmern.

Manuel hatte sein Gamegear mit und in der Pause zeigte er mir seine Lieblingsspiele.

Riki stellte sich eine Zeit lang neben uns, dann gähnte sie auffällig lang und schlenderte davon. Bestimmt war sie schon wieder sauer. Aber Manuel war ganz nett und von Computern hatte er echt Ahnung. Er wollte sich für den Nachmittag mit mir verabreden, aber ich konnte richtig fühlen, wie Rikis Laune immer mieser wurde, deshalb sagte ich was von einer anderen Verabredung.

Als ich nachmittags zu Riki kam, saß sie mit dem brüllenden Aas da und ihre Laune war noch viel mieser.

»Er kriegt schon wieder Zähne! Und Mama musste zum Frisör! Ich hau ab! Ich halte das nicht mehr aus!« Sie drückte mir den Kleinen in den Arm und ich ging ein paar Mal mit ihm im Zimmer auf und ab.

Er brüllte immer weiter.

Riki setzte ihn auf seine Krabbeldecke und hielt ihm ein Plastikauto vor die Nase. Aber wegen dem Brüllen hatte das Aas die Augen ganz fest zugekniffen und konnte das Auto gar nicht sehen.

Ich ging in die Küche und holte einen Brotkanten. Den schob ich ihm ganz langsam in das aufgerissene Mäulchen. Das wirkte. Klaasi hickste noch ein paar Mal, dann sabberte er ganz doll und die Spucke lief ihm mit und ohne Krümel über sein flottes Halstuch, das er immer statt so einem doofen Schlabberlatz trägt.

Riki seufzte.

Ich seufzte.

Sie schaute mich böse an. »Na, warum bist du denn nicht bei deinem neuen Freund?«

»Was? Wieso?«

»Ich hab doch genau gehört, wie er dich eingeladen hat!«

»Na und? Deshalb muss ich doch noch lange nicht hingehen!« Aber inzwischen wünschte ich mir fast, ich wäre zu diesem Manuel gegangen. Ich brauchte jetzt nicht schon wieder Streit. Riki seufzte. Dann sagte sie leise. »Danke!«

Wir schauten beide auf das Aas, das friedlich vor sich hin mümmelte und fläzten uns gemütlich aufs Sofa.

»Wollen wir einen Western kucken?«

»Null Video. Ich soll nix glotzen, weil das Aas sonst bestrahlt wird oder so. Jedenfalls sollen sie nicht vor den Fernseher, solange sie noch so klein sind.«

»Ach so.«

»Wir können ja was spielen. Monopoly?«

Aber dazu hatte ich keine Lust, weil Riki dabei immer haushoch gewann. Schließlich entschieden wir uns für Uno und das machte richtig Spaß, vor allem, weil dieser kleine Bruder uns die ganze Zeit in Ruhe ließ und nicht ranrobbte und Karten klaute. Als Silke endlich zurückkam, strahlte sie. Dass sie beim Frisör gewesen war, sah man nicht, aber sie hatte Kuchen mitgebracht und kochte Kakao und wir saßen alle um den Küchentisch.

Wir erzählten von der Schule, dass wir einen Neuen gekriegt hatten, dass wir am Freitag einen Mathetest schreiben würden, dass Jochen immer noch krank war und dass Mia sich im Werkunterricht mit Björn geprügelt und ihn mit der Zange in den Arm gezwickt hatte.

Riki wurde immer aufgedrehter und machte gerade Frau Semmler nach, wie sie sich beim Hinsetzen immer den engen Rock so komisch zurechtschiebt, als Silke plötzlich »Moment« sagte, Klaasi das Mäulchen abwischte und ihm kurz über den Kopf streichelte.

Riki blieb mit offenem Mund sitzen. Ich merkte, wie sie am liebsten losgeschrien oder losgeheult hätte.

»Und dann?«, fragte Silke und wandte sich wieder uns zu.

»Nichts«, sagte Riki, stand auf und machte mir ein Zeichen, dass ich mitkommen sollte.

Ich stand nicht gerne auf, denn eigentlich war es ganz gemütlich und es gab noch zwei Stück Kuchen auf dem Teller, von denen ich gern eins verdrückt hätte.

»Ach, nun hab dich doch nicht so, Tochterschatz!«, rief Silke uns hinterher, als wir in Rikis Zimmer gingen. »Diese Nummer mit der ewig beleidigten Leberwurst geht mir langsam auf den Keks.«

Als Riki ihre Zimmertür zumachte, sah ich, dass sie ganz blass war.

»Da siehst du's!«, sagte sie leise.

»Was?«

»Na, ich bin ihr doch kein bisschen mehr wichtig. Das Aas braucht nur zu pupsen und schon ist sie bei ihm und macht ei-dei-dei und dubidubidu und ich bin nur noch Luft für sie.«

»Ich finde, dass du übertreibst.«

»Neee, Paul, tu ich nicht. Leider.«

Langsam bekam ich es mit der Angst. Wenn Riki so leise sprach, anstatt loszuschimpfen, war echt was ganz schlimm. Vielleicht hatte ich es ja doch nicht so übel: Schließlich war ich Uschis einziges Kind.

Noch.

9

Von wegen!

Ich war vielleicht ihr einziges Kind, aber mich gab es eigentlich auch fast gar nicht mehr in ihrem Leben. Dauernd war sie mit dem Froschmaul beschäftigt: Entweder er hockte bei uns rum oder sie telefonierte mit ihm oder sie war gerade auf dem Sprung zu ihm.

Für mich gab es Zettel und Geld zum Selberverpflegen und morgens redete sie ohne Unterbrechung! Es war nicht zum Aushalten!

Sie war doch der Mensch, der am allerbesten wusste, wie gern ich es morgens ruhig hatte, aber inzwischen war es extrem ungemütlich bei uns.

Erst war das Bad dauernd besetzt – von ihm natürlich. Wahrscheinlich dauerte es schrecklich lange, bis er sein schrecklich großes Maul gewaschen und alle seine Zähne geputzt hatte.

Dann kochte sie jetzt morgens immer Kaffee olé; das ist ein pechschwarzer Kaffee mit ganz viel heißer Milch, die man mit einem Schneebesen verhauen muss, damit es richtig schmeckt. Weil sie sich aber zwischendrin auch noch anziehen und anmalen und was weiß ich noch musste, kochte ihr die Milch regelmäßig über. Dann stank die ganze Bude zum Kotzen, die Morgenruhe war hin, weil sie fluchte, und das Froschmaul versuchte sie zu beruhigen –

laut! – und sie entschuldigte sich – laut! – und dann kochten die beiden noch mal Milch. Und das alles mit schrecklichem Krach!

Ich hielt das nicht mehr aus.

Am Mittwoch vergaß sie mich zu wecken, weil sie nur mit dem blöden Kaffee olé und dem Froschmaul beschäftigt war. Am Donnerstag war für mich kein Brötchen da, und als ich mich beschwerte, fauchte sie mich an, wieso ich nicht mal morgens losginge und selber Brötchen kaufte. Dabei machte ich das in den Ferien immer, das hatte sie selbst so bestimmt, aber sie erinnerte sich sowieso an keine Abmachung mehr.

Am Freitag waren wir beide morgens endlich mal wieder allein, weil das Froschmaul auf einer Tagung war, aber mittendrin rief er an und ich saß da wie bestellt und nicht abgeholt, während Uschi ♥ ins Telefon zwitscherte und ♥ lachte und Kussgeräusche ♥ machte, dass sich mir der ♥ Magen umdrehte.

Samstags hab ich immer schulfrei und da bleib ich extra lange im Bett. Als ich an diesem Samstag aufstand, war ich allein in der Wohnung. Ein Zettel auf dem Flurbänkchen teilte mir mit, dass meine Mutter sich einen neuen Badeanzug kaufen wollte. Ohne mich.

Am Samstagabend knallte es dann.

Sie sagte, sie würde zum Froschmaul fahren, weil es in seiner Tagungsstadt so nett wäre. Sie wollten noch ein bisschen wandern und Sonntagnacht zurückkommen. Ich sollte solange zu Riki gehen, sie hatte schon telefoniert mit denen und ich durfte dort übernachten.

Ich sagte nichts und starrte auf den Tisch.

»Was hast du denn?«

»Nichts.«

»Paul, sei nicht albern. Du hast doch was. Was ist denn? Sag schon, was ist los?«

»Morgen ist Sonntag.«

»Jaja, aber das ist doch kein Grund für so eine stinkige Laune.«

»Ich bin nicht stinkig, DU bist gemein. Erst versprichst du was und dann machst du es nicht!«

»Wie? Was? Wieso? Ach, du meinst unsere Verabredung vom letzten Sonntag und dass ich gesagt habe, wir verschieben es auf diesen? Ach, Paulchen, das kann doch nicht dein Ernst sein. Soll ich deshalb diese Einladung ablehnen?«

Ich sagte gar nichts, stand auf und ging in mein Zimmer.

»Paul! Komm sofort wieder her – wir müssen jetzt darüber sprechen! Nun komm schon! Los!«

Ich legte mich in mein Bett und starrte an die Decke.

Riki hat Recht.

Keiner wollte uns haben und keiner hatte uns lieb.

Es war so weit.

Ich würde mit ihr abhauen.

10

»In echt?«

Riki strahlte. Da ging es mir schon wieder ein klitzekleines Stückchen besser.

Ich nickte.

»Ich hab den ganzen Vormittag nachgedacht.«

»Und?« Sie warf mir einen Schokoriegel zu. Ich riss das Papier auf und nahm einen Happs. Wenn Uschi wüsste, dass diese Zwangsübernachtung mir die beste Gelegenheit lieferte, mit Riki unser Abhauen zu planen, dann hätte sie sich das bestimmt dreimal überlegt, bevor sie mich hier einquartierte.

»Sag schon!« Riki wippte ungeduldig auf dem Kissenberg vor und zurück.

»Wir fahren zu Ben.«

»Hä?«

»Das ist mein Vater.« Ich war ein bisschen beleidigt, weil sie vergessen hatte, dass ich auch einen Vater hatte.

»Ach ja, richtig. Jetzt weiß ich wieder. Und?«

»Also, der wohnt in San Francisco in Kalifornien.«

»Moment mal.« Riki sprang auf, sauste ins Wohnzimmer und kam mit einem Atlas zurück.

Sie legte ihn auf den Boden und sich bäuchlings davor. »Kali-, Kali-, wo ist das denn noch mal? Ach ja, hier: Seite 138, huch, jetzt klappt das Mistding wieder zu, nein, da hab ich's. Kalifornien. Und jetzt? Los Angeles. Neee, das ist es nicht. Warte mal, hier – klar, das ist es! Juhuuu! San Francisco! Was für ein klasse Name!«

Ich seufzte. Das hätte ich ihr auch alles sagen können, schließlich hing bei mir im Zimmer eine Karte, von Ben, mit einem ganz dicken roten Kreuz bei San Francisco.

»Vereinigte Staaten von Amerika«, las Riki langsam und

schmatzte genießerisch. »Klingt erste Sahne. Da machen wir hin. Da ist es bestimmt toll!«

»Die haben massenhaft Popcorn da!«

»Und Cola!«

»Und Eddie Murphy!«

»Und Mickey Mouse!«

»Und Disneyland!«

»Und Hollywood!«

»Und den Wilden Westen!«

»Und Pferde!«

Wir schauten uns an und lachten.

»Manno, das wird echt super!« Riki grinste von einem Ohr zum andern.

»Mal langsam. Ich hab mir schon was überlegt. Wir können uns da ja nicht einfach hinbeamen. Und Kinder kriegen nie im Leben Fahrkarten für ein Schiff, wenn sie an einen Schalter gehen und welche kaufen wollen, oder?«

Riki blinzelte. »Nö. Das wird schwierig. Und was hast du dir überlegt?«

Ich räusperte mich. »Aaalso, ich hab Ben ja schon urlange nicht mehr gesehen. Und wenn ich den so einfach anrufe oder ihm schreibe, dass ich kommen will, dann bespricht der sich bestimmt erst mit Uschi und dann ist alles im Eimer.«

»So weit, so logisch«, murmelte Riki.

»Deshalb dachte ich, am besten, wir verdienen etwas Geld und fahren davon nach Hamburg. Dort müssen wir dann rauskriegen, wann das erste Schiff nach Amerika fährt, und uns unter die Passagiere mischen und so tun, als wären wir die Kinder von irgendwelchen Leuten, die auch mitfahren. Du weißt schon – ›Moment mal, meine Fahrkarte hat mein Papa da drüben, ich geh ihn eben holen.‹ Und – schwups! – bist du auf dem Schiff und alles ist paletti.«

»Hm.« Riki sah nachdenklich auf den Atlas. »Und wenn wir dann in New, nee, Nju York sind, was dann?«

»Dann können wir doch wieder mit der Eisenbahn fahren. Das dürfen Kinder dort auch, nur dass es in Amerika keine Grenzen gibt, von wegen Kontrollen oder so.« Ich lehnte mich zurück und war sehr zufrieden mit mir. Logisches Denken ist eben mein Ding.

»Gut«, sagte Riki. »Wann fahren wir? Was soll ich einpacken? Woher kriegen wir das Geld für die Zugfahrt?«

»Ich hab schon beim Bahnhof angerufen. Die Züge gehen jede Stunde und täglich, das ist also kein Problem. Wir müssen einen Tag nehmen, an dem Uschi, Silke und Uwe nicht gleich merken, dass wir weg sind. Was meinst du?«

»Samstag. Am Samstag haben sie immer was vor, und wenn wir dann sagen, ich schlaf bei dir und du bei mir, und sie hoffentlich nicht zwischendurch miteinander telefonieren, haben wir zwei Tage. In der Zeit müssten wir es schaffen, auf ein Schiff zu kommen.«

»Könnte klappen.«

»Warte mal.« Riki stand auf, ging an ihren Schreibtisch und holte Stifte und einen Zettel. Den legte sie auf den Atlas und malte einen Wochenplan.

»Heute ist Samstag. Wir haben also eine ganze Woche Zeit, das ist ganz schön viel. Sieben Tage!«

»Na ja, wir haben ja auch noch ganz schön viel zu erledigen.«

»Gut. Also: Montag. Was können wir da erledigen?«

»Wir müssen vor allem Geld verdienen. Ich hab mir gedacht, dass wir einen Flohmarkt veranstalten, mit all den Sachen, die wir dann nicht mehr brauchen.«

»Super Idee!« Riki sah sich in ihrem Zimmer um und ich konnte richtig sehen, wie sie den Wert von ihren Besitztümern abschätzte. Wie viel würden wohl ihre Plüschtiere bringen? Oder die Kiste mit dem Lego? Oder ihre CDs?

Und ich? Was würde ich verticken? Meine Ritterrüstung mit dem Plastikschwert? Vielleicht fünf Mark. Meine Rollschuhe? Lief jetzt überhaupt noch jemand Rollschuh? Die fuhren doch alle nur noch mit Rollerblades. Aber versuchen konnte ich es ja mal.

Ich stand auf und holte mir auch einen Zettel vom Schreibtisch. Riki warf mir einen Stift zu. Gelb. So was Blödes. Ich hielt noch mal die Hand auf und kriegte einen Kuli. Der schrieb nicht. Riki seufzte.

»Du hast aber auch ein Pech. Kuck mal in meiner Mappe nach, da liegen bestimmt noch welche.«

Ich holte mir einen grünen Filzstift und machte auch eine Liste.

»Also gut, am Montag misten wir aus und bereiten den Flohmarkt vor. Dienstag haben wir ja Sport – das wird dann das letzte Mal.« Sie kaute auf dem Stift rum und sah mich an. »Zu blöd. Na ja.« Dann sah sie wieder auf ihren Zettel. »Am Mittwoch machen wir Flohmarkt. Ach du Scheiße!« Sie sah mich entsetzt an. »Struwwel!«

Ich kriegte einen Schreck. Silke konnte Rikis Meersau nicht leiden. Das bedeutete womöglich, dass wir Struwwel mitnehmen mussten.

»Neee«, sage ich sehr energisch. »Auf keinen Fall.«

»Du meinst, wir können sie nicht mitnehmen? Aber was soll ich dann tun mit ihr?«

»Weiß ich auch nicht. Verschenken oder verkaufen.«

»Freunde verkauft man nicht!«, widersprach Riki empört und schrieb dann bei Donnerstag »S. verschenken« hin.

Wir saßen noch eine Zeit lang auf dem Teppich und dachten angestrengt nach.

»Wir müssen ihnen einen Abschiedsbrief schreiben«, sagte Riki plötzlich. »Den sollen sie aber erst nach unserer Abfahrt finden. Dann wissen sie Bescheid und rufen nicht die Polizei. Damit sie sich beruhigen können, dass uns keiner geklaut hat oder so. Obwohl«, sie sah mich an und hackte mit ihrem Stift auf den Zettel, »eigentlich wünsche ich ihnen, dass sie sich mal so richtig Sorgen machen. Wo sie sich die ganze Zeit so fies benommen haben!«

Ich merkte, wie ich auch innerlich hin und her gerissen war. Einerseits hatte ich die Nase echt voll von Uschi und ihrem Froschmaul. Andererseits wollte ich nicht, dass sie traurig war. Jedenfalls nicht lange und nicht so doll.

»Okay, also ein Brief. Den schreiben wir am Donnerstag, wenn die Meersau weg ist. Die solltest du aber lieber am Dienstag schon weggeben, damit es nicht so auffällt.«

»Stimmt.« Riki strich die Eintragung bei Donnerstag weg, schrieb für Dienstag »S. verschenken« auf und trug in das Kästchen bei Donnerstag »Brief« ein.

Ich kaute auf meinem Bleistift rum. »Was willst du eigentlich so verkaufen? Ich meine jetzt unseren Flohmarkt.«

»Och, da muss ich erst mal nachsehen. Zum Beispiel meine Barbie. Und alle ihre Klamotten.« Sie zog eine Schnute. »Heute kann ich gar nicht mehr verstehen, warum ich auf diese Zicke mal so abgefahren bin. Und Ken kommt auch weg.«

Ich schluckte. Ken war eigentlich mehr meine Puppe. Wenn ich ihn spielte, kam ich mir immer richtig erwachsen vor. Und außerdem ließ sich Riki dann auch öfter mal was von mir sagen, weil Barbie natürlich auf Ken hört.

»Na gut. Ich verkaufe meine Playmo-Burg und das Fort.«

»Die tollen Sachen? Echt?« Riki zog die Mundwinkel runter, wie sie es immer macht, wenn sie was nicht gut findet.

»Doch. Da haben wir schon ewig nicht mehr mit gespielt.«

»Schon, aber das Turnier bei der Burg war immer super.« Riki seufzte. »Andererseits können wir ja nicht tausend Tüten voll mit diesem Kram mitnehmen.« Sie sprang auf. »Wir müssen gut überlegen, was wir einpacken, denn viel schleppen können wir nicht. Außerdem müssen wir uns vielleicht verstecken. Dann würde uns das ganze Zeug nur stören.«

»Stimmt.«

»Was ist in diesem Kalifornien eigentlich für ein Wetter? Ich meine, ist das eher so mittelmeermäßig oder alaskamäßig?«

Ich hob die Schultern. »Ben schreibt immer von seinem Swimmingpool. Also eher heiß. Aber im Winter regnet es ziemlich oft.«

»Ohhh, ein Swimminpool!« Riki verdrehte die Augen und kritzelte etwas auf ihren Zettel. »Also auf jeden Fall Badesachen.« Sie schaute mich an. »Meinst du, ich kann mein Krokodil mitnehmen? Zusammengefaltet ist es eigentlich ziemlich klein.«

Riki hat ein aufblasbares Plastikkrokodil, mit dem hatten wir letzten Sommer wie die Wilden im Freibad rumgetobt.

»Nee, du, so was muss hier bleiben. Notfalls kauft uns Ben ja ein neues. Auf dem Flohmarkt kriegst du bestimmt eine Menge dafür.«

Riki kuckte mich an, als ob ich ein Alien wäre. »Mein Kroko verkaufen? Bei dir piept's wohl! Neee, du, das geht nicht. Das wäre genauso, als müsstest du deine Playmo-Astronauten hergeben.«

»Das geht nicht! Auf keinen Fall! Die habe ich so lange gesammelt – Mensch, bestimmt drei Geburtstage und Weihnachten!«

»Siehste! Solche Sachen bleiben hier. Und wenn wir mal später«, sie holte tief Luft, »reich sind, dann lassen wir uns eben alles rüberschicken.«

»Genau. Oder wir kommen es holen.«

»Genau.«

Wir schauten beide auf unsere Zettel und ich kriegte ein komisches Gefühl im Magen, fast wie Angst. »Was sein muss, muss sein«, sagte ich schließlich und kam mir sehr tapfer vor. »Hier will uns ja keiner mehr.«

»Genau.«

In meinem Hirn suchte ich verzweifelt nach Sachen, die ich noch verkaufen konnte, aber mir fiel rein gar nichts mehr ein. Als ob meine Gedanken eine schwarze Tafel wären, die jemand abgewischt hatte, und jetzt war alles total leer.

Als ich zu Riki rüberschielte, lief ihr eine einzelne dicke Träne neben der Nase runter. Wütend wischte sie sie weg und zischte: »Ganz egal. Die Operation Kalifornien läuft. Alles klar, Mister?«

»Alles klar, Miss«, stimmte ich zu.

Phhhh. Von wegen alles klar! Wenn man so schlimme Entschlüsse fassen muss.

11

Am Donnerstag war Jochen wieder da und Manuel musste sich einen anderen Platz suchen. Er setzte sich hinter Riki. Ich fand das nicht so gut, weil ich merkte, wie die beiden dauernd miteinander schwatzten. Frau Semmler ermahnte sie mehrmals. In der Pause ließ Riki sich von Manuel sein neuestes Spiel auf dem Gamegear zeigen.

Ich ging zu ihnen hin und stellte mich daneben, aber ich hätte genauso gut mit den anderen Softfußball spielen können. Als wir uns wieder Richtung Klassenzimmer bewegten, sagte ich zu Riki: »Ich dachte, du findest diese Minicomputer dämlich?«

»Früher«, antwortete sie und grinste. »Den von Manu finde ich ganz spannend.«

Ich wechselte lieber das Thema. »Hör mal, heute wollen wir doch den Brief schreiben. Bei mir oder bei dir?«

Sie sah mich eine Sekunde lang verdattert an, dann wusste sie wieder, wovon ich redete.

»Bei dir. Ich sag zu Hause, dass wir für das Diktat üben. Dann bin ich das Aas wenigstens mal für einen Nachmittag los.« Sie grinste wieder. »Der Knirps ist schon ganz schön fit! Gestern Abend hat er sich das erste Mal von allein aufgesetzt. Echt toll.«

Aber dann verschwand ihr Grinsen wieder und sie sagte mit böser Stimme: »Das fehlte ja noch, dass ich mich von dem kleinen Miststück rumkriegen lasse. Und außerdem – selbst wenn der manchmal ganz witzig ist –, er hat mir meine Eltern geklaut!«

»Genau.«

Am Nachmittag überlegten wir hin und her, was man in so einen Abschiedsbrief reinschreibt.

Erst hatten wir einen ganz langen. Der ging so:

Liebe Uschi, Silke und Uwe,
Eltern sollen sich um ihre Kinder kümmern. Aber wenn Mütter auf einmal ihre Freunde wichtiger finden als ihre Söhne und wenn kleine Brüder wichtiger sind als ältere Schwestern und man dauernd allein ist oder Hausarbeiten machen muss, dann finden Kinder solche Eltern voll fies.
Wir haben keinen Platz in eurem Leben und wollen euch deshalb auch nicht mehr stören. Wir gehen weg. Dann könnt ihr euch dauernd um eure Freunde und Babys kümmern und wir finden vielleicht jemanden, der uns lieber hat als ihr. Lebt wohl.
Henrike und Paul

»Nee«, sagte Riki. »Der Brief klingt so nach gedruckt. Ich finde, wir sollten es kürzer machen.«

Ich zerknüllte den Brief und warf ihn in den Papierkorb.

Wir probierten noch ein paar Fassungen durch, aber entweder waren sie zu schmalzig oder zu kindisch. Wir wollten nämlich ganz cool und erwachsen klingen, damit sie uns das Auswandern auch glaubten und uns nicht auslachten.

Schließlich einigten wir uns auf was ganz Kurzes:

Wir wollen nicht mehr hier wohnen.
Ihr wollt uns ja nicht mehr.
Da können wir auch auswandern.
Wir gehen zu Ben nach Kalifornien.
Macht euch keine Sorgen, wir kommen
bestimmt gut zurecht. Tschüss.
Euer Paul und eure Riki

Das Packen war ziemlich schwierig. Wir wollten ja nur das Nötigste mitnehmen, damit uns das Gepäck nicht störte, wenn wir mal rennen mussten. Aber so ein Rucksack ist unglaublich schnell voll. Ich packte ein und packte wieder aus und dann wieder ein. Aber natürlich fehlte immer noch was und das Ganze ging wieder von vorne los.

Ich rief Riki an und wollte wissen, was sie alles mitnahm. Sie hatte die gleichen Probleme wie ich. Außer dem normalen Gepäck wollte sie auch noch ihren Ranzen mitnehmen, aber das fand ich zu kindisch. Vielleicht hatten die in Kalifornien gar keine Ranzen. Und ob wir da überhaupt in die Schule mussten, war doch noch gar nicht klar.

»Na gut«, sagte Riki. »Gudbai.«

Das ist Amerikanisch und heißt tschüss«. Wir wollten schon mal ein bisschen üben.

»Gudbai«, sagte ich. »Ai law ju.«

Das kannte ich aus den Schlagern, aber es wird ganz

anders geschrieben, als man es spricht, nämlich: »I love you.« Das heißt: »Ich liebe dich.«

Beim Gedanken daran, dass wir schon in ein paar Tagen wegfahren würden, war mir ziemlich komisch. Ich hätte Riki lieber gesagt: »Ich freue mich, dass ich nicht allein bin«, aber so was wollte ich nicht auf Deutsch sagen und auf Englisch kannte ich nicht die richtigen Wörter.

»Ups«, sagte Riki. »Du alte Schmalzbacke. Bai, bai, Darling, ich hab noch was vor.« Und dann kicherte sie und legte auf.

Na klar hatte sie was vor. Sie musste ja noch fertig packen, genau wie ich.

12

Aber am nächsten Morgen bekam ich mit, dass sie doch was ganz anderes vorgehabt hatte.

Sie hatte sich mit Manuel verabredet.

Ohne mir was zu sagen.

Als sie es mir in der ersten Pause erzählte, wurde mir ganz schlecht.

Sie stieß mir den Ellenbogen in die Rippen und sagte: »Warum kuckst du denn so komisch? Ich hab mich eben in ihn verknallt.«

Ich sah sie völlig verdattert an.

»He! Du siehst mich ja an, als ob ich drei Köpfe hätte! Komm, Paul! Nun krieg dich wieder ein! Ich finde ihn eben klasse und er kann toll mit dem Computer umgehen und wir hatten jede Menge Spaß. Übrigens, ich muss dir noch was sagen…«

Genau in dem Moment machte Frau Semmler die Klassenzimmertür hinter sich zu und scheuchte alle auf ihre Plätze.

Ich saß da und in meinem Kopf drehte sich alles. In meinem Bauch auch. Oder war das mein Magen? Oder meine Milz? Jedenfalls bollerte und kollerte es in mir rum, sodass ich gar nichts anderes mehr hören konnte. Deshalb kriegte ich auch nicht mit, wie Frau Semmler mich aufrief.

»Was hast du denn, Paul? Du bist ja ganz blass! Geh mal raus auf den Schulhof und atme tief ein. Wenn du dich wieder besser fühlst, kommst du wieder rein.«

Ich nickte, stand auf, merkte, dass ich Wabbelknie hatte, und versuchte Riki nicht anzusehen. Aber ich musste an ihr vorbei und da zwickte sie mich ganz kurz in den Arm.

»Gute Besserung«, flüsterte sie.

Ich hätte ihr am liebsten eine geklebt.

Wir wollten auswandern und sie verknallte sich in Manuel. So ein Arsch.

Zugegeben, am Anfang hat er mir auch ganz gut gefallen, da fand ich ihn eigentlich nett. Aber sich so hinterrücks an meine – meine – ja, was eigentlich? Ist Riki meine Freundin? Oder ist sie meine Kumpelin? Oder wie oder was? Und wo ist da eigentlich der Unterschied?

Ich wanderte langsam über den Schulhof zu der Ecke mit dem Klettergerüst und setzte mich auf eine Querstange. Da saß ich, kickte die Steinchen auf dem Boden vor mir weg und hätte am liebsten geflennt.

Was hatte sie mir denn noch sagen wollen? Dass sie nicht mehr meine Freundin war?

Komisch, ich hatte bisher nie darüber nachgedacht, was für eine Sorte Freundschaft Riki und ich haben. Wir waren einfach immer zusammen gewesen, seitdem wir auf der Welt waren. Mit ihr konnte ich immer am besten spielen und reden und so.

Riki kann so richtig schön laut lachen.

Und macht dauernd Witze.

Das gefällt mir an ihr.

Ich stand auf, steckte die Hände in die Taschen und ging langsam über den Schulhof zurück.

Die Sonne schien, ein echtes Spitzenwetter. Eigentlich hätten wir heute zusammen Rad fahren oder ins Freibad gehen können – mit Stullen und Comics und unseren Walkmännern. Aber das konnte ich jetzt wohl vergessen. Da fiel mir plötzlich siedend heiß ein, dass für heute ja der Flohmarkt geplant war! Bestimmt hatte Riki mir was wegen dem Flohmarkt sagen wollen. Wo wir den Tapeziertisch aufstellen würden und solche Sachen. Ich hatte mir überlegt, dass wir ihn am besten vor dem großen Supermarkt hinstellen sollten, weil da immer so viele Leute vorbeikommen.

In der nächsten Pause zeigte sich, dass ich mich gewaltig geirrt hatte. Über den Flohmarkt wollte sie gar nicht mit mir sprechen.

»Flohmarkt? Äh, nö, ähm …«, stotterte sie rum, als ich ihr von meiner Idee mit dem Parkplatz beim Supermarkt erzählte.

Sie holte tief Luft. »Weißt du, Paul, ich komme nämlich nicht mit.«

Rums! Ich hatte ein Gefühl, als wäre mir das Dach unserer Schule auf den Kopf gefallen.

Ich plinkerte. »Häh?«

»Na ja«, sie kuckte über meine Schulter, dann starrte sie auf den Boden. Anscheinend wollte sie überall hinschauen, nur mich wollte sie nicht ansehen.

»Ich hab mir das noch mal überlegt. Äh, weißt du, es ist

so: Erstens habe ich mich in Manu verknallt, zweitens ist das Aas irgendwie auch nicht mehr so aasig. Gestern hat er ›Iki‹ gesagt.«

Jetzt schaute sie mich doch an. »Zu mir.« Sie grinste. »Da fand ich ihn wahnsinnig niedlich.« Sie stupste mich in den Magen. »Na, komm schon, Paul, du weißt doch selbst, dass es ganz schön schwierig geworden wäre, das mit dem blinden Passagier und all das.« Sie sah mir wieder über die Schulter. »Ehrlich, du kapierst das auch noch, bestimmt. – Oh, jetzt muss ich aber los, mach's gut!«

Dann rannte sie quer über den Schulhof. Ich brauchte mich gar nicht umzudrehen, ich wusste auch so ganz genau, wo sie hinwollte. Bestimmt rannte sie zu diesem blöden Manuel. Bestimmt knutschte sie jetzt mit dem rum oder machte irgendein blödes Zeug, wie es diese Verliebten immer tun.

Mir doch egal. Ich steckte die Hände in die Taschen und lief los, wohin, wusste ich allerdings nicht. Ich versuchte zu pfeifen, aber es wollte nicht so recht klappen. Es pfiffelte nur ein bisschen.

In der nächsten Stunde hatten wir ausgerechnet Sachkunde. Herr Specht erzählte von dem Moorgebiet in der Nähe und den seltenen Pflanzen und Tieren, die es da noch gibt.

Genau dahin wäre ich heute Nachmittag so gern mit Riki gefahren. Aber die wollte ja bloß mit dem doofen Manu knutschen.

Mir war schrecklich heulerig.

Uschi wollte nur noch das Froschmaul.

Riki wollte nur noch den blöden Manuel.

Und keiner wollte mehr mich.

Am Ende der Stunde beeilte ich mich und machte, daß ich aus der Klasse kam, bevor ich sehen konnte, was Riki und Manu jetzt machten.

Aber als ich an Rikis Haus vorbeimusste, hätte ich fast geplärrt. Dabei ist das doch überhaupt kein Grund zum Flennen, wenn sich so eine in einen doofen Kerl wie den verknallt. Ich reckte den Kopf ein bisschen höher und legte einen Schritt zu.

Als ich in unsere Straße einbog, wunderte ich mich. Vor unserem Haus stand Uschis Auto. Fuhr sie neuerdings

wieder mit dem Rad? Hatte ihr das Froschmaul jetzt etwa Radtouren verordnet?

Ich schloss die Wohnungstür auf. Doch, da stand ihre Handtasche auf dem Flurbänkchen.

»Uschi?«

Ich warf den Ranzen auf den Boden und zog mir die Schuhe aus. Als ich mich aufrichtete, sah ich sie in der offenen Wohnzimmertür stehen.

Du meine Güte! Sie hatte ja total verquollene Augen!

Ich vergaß ganz, dass ich ihr böse war, und fragte: »Bist du krank?« Obwohl mir das ja eigentlich völlig Wurst sein konnte.

»Wie konntest du mir das antun?«, fragte sie mit zitternder Stimme.

»Was?«

»Das hier.« Sie hielt einen zerknitterten Zettel hoch.

Ich strengte meine Augen an. »Was ist das denn?«

»Dein Abschiedsbrief.« Jetzt liefen ihr die Tränen nur so runter und sie suchte in der Hosentasche nach einem Taschentuch.

»Mein …?«

»Dass du zu Ben willst, weil du hier so unglücklich bist.«

»Ach, *der* Brief.« Dann wunderte ich mich. »Woher hast du den überhaupt? Den hatte ich doch versteckt! Wie …«

»Beruhige dich, ich schnüffle nicht in deinen Sachen rum. Ich wollte heute früh den Papiermüll für die Müllleute fertig machen und da fiel der Zettel aus deinem Papierkorb raus. Irgendwie kam er mir seltsam vor und da hab ich ihn gelesen.«

Sie putzte sich die Nase und schluckte.

»Dann weißt du eben jetzt schon Bescheid!«

Ich wollte wütend sein, aber irgendwie klappte das mit der Wut nicht so richtig. Wenn ich Uschi ansah, wurde ich nicht wütend, sondern eher traurig. Richtig sauer war ich momentan eher auf Riki und ihren blöden Verliebten.

Ich starrte auf den Teppich.

»Wie kommst du denn auf so was, Paulchen? Kannst du mir mal erklären, was dich dazu gebracht hat?«

»Na, du! Du selber! Du kümmerst dich doch bloß noch um das Froschmaul! Seitdem der hier aufgekreuzt ist, ist alles anders! Wir muffeln morgens nicht mehr! Wir kucken nicht mehr ›Liebling‹ oder ›Kommissar Rex‹ oder sonst was – wir machen überhaupt nichts mehr zusammen, immer ist der blöde Kerl dabei und labert mich an und knutscht dich ab und ich komme überhaupt nicht mehr vor!«

»Aber Paulchen –«

»Und dann tut er immer so wahnsinnig verständnisvoll und schleimt sich ein und macht einen auf netten Onkel! Ich brauch keinen Onkel! Ich brauch meine Mama. Ach, Uschi, ich ...«

Und dann heulte ich auch.

Uschi kam und nahm mich in die Arme und drückte mich. Während ich immer weiterheulte, das ganze Elend und den Kummer und die Traurigkeit der letzten Wochen aus mir rausheulte, führte sie mich ganz sanft ins Wohnzimmer und zog mich aufs Sofa runter. Da saßen wir beide und hielten uns ganz doll aneinander fest. Als das schlimmste Heulen bei mir vorbei war, merkte ich an ihrem Zucken, dass sie auch immer noch weinte.

Jungejunge, was waren wir bloß für Trauerklöße!

Bei diesem Gedanken musste ich fast schon wieder ein bisschen grinsen. Und damit hörte das Heulen dann zum Glück auch auf.

Ich befreite mich vorsichtig aus Uschis Umklammerung und suchte unter den Sofakissen nach einem Taschentuch, weil wir die nur einmal angeschnaubten immer dadrunter verstecken.

Uschi ließ sich rückwärts in die Polster sinken und putzte sich wieder die Nase.

»Paulchen ...«

»Ja?«

»Du, es tut mir so schrecklich Leid ...«

»Ach.«

»Wirklich! Du bist doch der Allerwichtigste in meinem Leben, das weißt du doch!«

»Nee, also so richtig wusste ich das nicht mehr ...«

»Doch, Paul, bestimmt! Ganz bestimmt. Weißt du was? Zum Beweis machen wir uns jetzt mal wieder ein richtiges Muffelwochenende, ja?«

»Ohne ...?«

»Ja, ganz ohne Bernd. Nur wir zwei. So wie früher.«

Mein Hals wurde ganz eng und beinahe hätte ich wieder losgeheult, aber diesmal vor Glück.

Uschi hatte mich doch noch lieb!

Uschi wollte mit *mir* zusammen sein!

Uschi schickte das Froschmaul in die Wüste und plante ein gemeinsames Wochenende!

Vielleicht – wenn da alles gut lief, merkte sie ja, wie viel schöner es mit uns allein war, und dann würde sie ihn vielleicht nie wieder sehen wollen!

Ich bekam richtig Herzklopfen bei den vielen schönen Gedanken, die mir durch den Kopf rasten.

»Komm mal her, mein Kleiner!« Ich rückte ganz nah an Uschi ran. Sie beugte sich zu mir runter und gab mir einen dicken, warmen Schmusekuss.

»Du. Bist. Der. Wichtigste. In. Meinem. Leben«, sagte sie mit großem Nachdruck. »Das musst du mir glauben, mein Schätzchen, daran darfst du nie wieder zweifeln, versprichst du mir das?«

Ich konnte nur nicken, weil sie mir ihren Busen auf den Mund drückte. Weich war das und gemütlich und ich hätte stundenlang so dicht bei ihr sitzen bleiben können.

Ich hatte sie wieder!

Das Froschmaul konnte Leine ziehen.

Meine Mama und ich waren wieder die guten Kumpel von früher.

Dann heulte ich doch noch ein kleines bisschen.

Ganz leise, damit sie es nicht merkte.

13

Am Abend rief sie das Froschmaul an. Ich kriegte ja nur ihre Seite von dem Telefonat mit, nämlich, dass sie leider die Verabredung für diesen, den nächsten und übernächsten Tag absagen muss und dass er auch nicht herkommen soll, weil sie sich mal wieder richtig um mich kümmern will. Dieser Satz hat mir ja nicht so super gefallen, aber alles war besser, als das alte Froschmaul hier zu haben, deshalb hielt ich den Mund.

Offensichtlich sagte mein Feind aber nicht einfach okay, sondern wollte noch wissen, was los war. Sie versuchte es ihm zu erklären und warf mir dabei von der Seite immer solche Blicke zu, als ob sie es am liebsten hätte, wenn ich aus dem Zimmer rausginge.

Tat ich aber nicht.

Es war auch mein Zimmer, meine Wohnung.

Und meine Mutter.

»Paul und ich haben uns ausgesprochen. Er fühlt sich vernachlässigt.«

»...«

»Natürlich hast du das, aber das kam vielleicht nicht so bei ihm an.«

»...«

»Ich weiß ja, dass du dir Mühe gegeben hast, aber er sperrt sich nun mal gegen dich.«

»...«

»Doch, ich nehme ihn ernst, sehr ernst sogar.«

»...«

»Bernd, ich bitte dich, versteh mich doch. Er braucht mich einfach mal wieder ganz für sich allein.«

»...«

»Ja, das ganze Wochenende.«

»...«

»Nun stell dich nicht so an, dir wird schon was einfallen. Ich melde mich dann am Montag wieder bei dir, ja?«

»...«

»Ich dich auch.«

Als sie das sagte, sah sie mich wieder so schräg an. Als

hätte sie Angst, dass ich wusste, worum es ging. Wusste ich auch.

Das Froschmaul hatte ihr gesagt, er würde sie lieben. Und sie hatte »Ich dich auch« geantwortet. Aber bestimmt nur, um ihn abzuwimmeln.

Oder vielleicht liebte sie ihn ja noch ein bisschen, aber nach unserem guten alten Wochenende so wie früher würde sie ihn bestimmt überhaupt nicht mehr lieben.

Dann würde sie endlich merken, dass er schrecklich gestört hatte, dass er sich immer in alles eingemischt hatte, dass es in letzter Zeit bei uns gar kein bisschen gemütlich mehr gewesen war!

14

Der Samstag fing dann auch ganz wunderbar an.

Wir machten, wie früher, in unseren Schlafanzügen ein Lecker-Schmecker-Frühstück mit Müsli, Toast, Pampelmusensaft und weichen Eiern: Es schmeckte super.

Uschi lümmelte sich wie früher in ihren Sessel und las Zeitung. Ich hing gegenüber auf meinem Stuhl und las in meinem Comic, während ich die Cornflakes löffelte.

Schön war das.

Irgendwie ein bisschen still, aber das war gut. Besser als dieses ewige Gequassel.

Ich merkte, wie ich immer horchte, ob sich was tat. Aber ich hörte nur ganz schwach den Verkehr draußen auf der Straße und das Rascheln von den Zeitungsseiten, wenn Uschi umblätterte. Ich schlürfte meinen Tee, damit ich auch mal ein Geräusch machte.

Uschi schaute kurz rüber, grinste und las weiter.

Leider war mein Comic etwas langweilig, weil ich Gaston schon auswendig kannte, und satt war ich auch. Ich wusste gar nicht, warum ich noch weiter hier rumsitzen sollte.

»Du, ich zieh mich jetzt an.«

»Schon?«

»Och, na ja, wir wollen ja gleich einkaufen.«

»Gleich?« Uschi sah auf die Uhr. »Ist doch erst halb zehn. Um die Zeit bist du doch sonst samstags immer erst aufgestanden.«

»Stimmt, ja.« Ich rutschte ein bisschen auf dem Stuhl rum, dann stand ich auf und holte mir ein Buch. Ich goss mir eine Tasse Tee ein, und als ich die Kanne wieder aufs Stövchen stellte, merkte ich, wie Uschi mich beobachtete.

»Was ist denn?«

»Nichts«, sagte sie. »Du wirkst nur irgendwie so unruhig.«

»Bin ich auch.«

»Na gut, dann können wir uns ja zum Einkaufen fertig machen. Ich gehe zuerst ins Bad!« Das war nämlich immer einer unserer kleinen Zankpunkte gewesen.

»Ich war schon.«

»WAS?«

»Ja, vorhin, als du die Zeitung reingeholt hast und so. Da hab ich geduscht.«

»Aha, mein Blitzduscher.«

»Blitz, aber sauber!« Ich zeigte ihr meine Fingernägel.

»Sehr gut, mein Sohn, ich bin sehr zufrieden!« Sie grinste. »So, dann will ich mal!«

Während sie sich wusch und anzog, machte ich rasch die Küche, damit sie sah, dass nicht nur das Froschmaul ein guter Küchenkumpel war.

Sie sagte nichts, sondern lächelte nur, als sie die aufgeräumte Küche sah.

Das Einkaufen war genauso wie früher und ich war absolut glücklich.

Na ja, absolut nicht. Irgendwas nagte in mir und knabberte an meiner Zufriedenheit rum; das nervte mich ein bisschen. Dann fiel mir ein, was das war. Meine Wut auf Riki wegen ihrer Manuel-Verliebtheit!

Genau! Das war's!

Ich dachte ein paar rabenschwarze Gedanken über sie und darüber, wie sie mich voll fies im Stich gelassen hatte, aber so richtige Wut kriegte ich nicht mehr zusammen, weil ich jetzt natürlich froh war, dass wir nicht nach Hamburg gefahren waren. Ich war viel lieber hier bei meiner Mama.

So wie früher war es klasse.

Das Mittagessen durfte ich mir aussuchen und fast hätte ich mich für »Klopse und Kartoffelbrei« entschieden, als mir gerade noch rechtzeitig einfiel, dass das Froschmaul immer dieses Lieblingsessen von mir gekocht hatte, wenn er dran gewesen war.

Natürlich, der wollte sich ja bloß einschleimen!

Ich wünschte mir also Bratwürste mit Sauerkraut und ganz vielen Zwiebelringen. Uschi und ich mussten furchtbar heulen beim Zwiebelschneiden, aber wir erzählten uns Witze. Das ist unheimlich komisch, wenn man über einen Witz lachen muss, während einem die Tränen die Backen runterlaufen.

Beim Tischdecken stellte ich aus Versehen zuerst drei Teller auf den Tisch, weil das Froschmaul in letzter Zeit fast immer bei uns mitgegessen hatte. Ich ließ den dritten Teller ganz schnell wieder im Schrank verschwinden und sah zu Uschi rüber, aber die wendete die Bratwürste und hatte bestimmt nichts gemerkt.

Hinterher übernahm ich freiwillig den Abwasch. Ich suchte und suchte, bis ich den Spüllappen endlich gefunden hatte, und dabei fiel mir auf, dass ich schon urlange nicht mehr abgewaschen hatte. Denn meistens hatte das Froschmaul das ruck, zuck erledigt.

Das muss man sich mal vorstellen! Dieser Mistkerl hatte sich sogar in die Sachen eingeschlichen, die mir noch nie Spaß gemacht haben.

Am Nachmittag spielten wir Monopoly. Endlich mal wieder nur wir zwei allein, keiner der dauernd heimlich schummelte und einem, wenn man pleite war, unter dem Tisch eine Straße zuschob. Wie ich diese Schummeleien gehasst hatte!

Heute dauerte das Spiel nicht besonders lang; irgendwie passte Uschi nicht richtig auf und wupps! hatte ich alle teuren Straßen und alle Bahnhöfe und zog meine Mama ordentlich über den Tisch.

Aber diesmal meckerte sie gar nicht. Komisch, wenn man gewinnt und keiner ist deshalb sauer, macht es gar nicht so viel Spaß.

Am Abend gab es natürlich keinen »Liebling«, weil ja Samstag war, dafür »Wetten, daß«. Wir lümmelten uns im Schlafanzug gemütlich aufs Sofa und ich konnte die ganzen Chips allein essen. Sonst hatten wir immer ganz genau geteilt, aber Uschi sagte, sie hätte keinen Chips-Appetit, und sie passte auch nicht so gut auf. Immer wieder fragte sie mich nach dem Spielstand. Die Saalwette hatte sie auch vergessen und dauernd schielte sie am Fernseher vorbei.

Als gerade so eine langweilige Frau ganz laut sang und mit ihrem Busen wackelte wie mit zwei Bergen Götterspeise, wurde mir klar, wo Uschi dauernd hinkuckte. Sie hatte das Telefon aus dem Flur reingeholt und auf den Fußboden neben die Tür gestellt.

Wollte sie noch wen anrufen?

Vielleicht den Frosch?

Sie hatte ihm aber gesagt, erst am Montag.

Erwartete sie noch einen Anruf?

Vielleicht vom Froschmaul?

Aber sie hatte doch gesagt, bis Montag. Worauf wartete sie dann?

Ich passte auch nicht mehr auf, und als das Publikum im Fernsehsaal begeistert klatschte, wusste ich nicht warum.

Nach »Wetten, daß« fragte Uschi mich, ob ich noch weiter kucken wollte. Früher hatte sie immer einen Wahnsinnsaufstand gemacht, wenn ich anschließend noch was sehen wollte, und jetzt hatte sie plötzlich gar nichts dagegen.

Weil ich schon so erwachsen war?

Oder weil es ihr egal war?

Oder weil sie an was ganz anderes dachte?

An DEN?

Ich wollte nichts anderes mehr sehen.

Uschi brachte mich ins Bett und las mir aus »Das Goldene Elixier« vor, das mir das Froschmaul neulich mitgebracht hatte. Er konnte ja nichts dafür, dass das Buch so spannend war. Schließlich hatte das ja wer anderes geschrieben. Aber Uschi las ziemlich unkonzentriert. Sie verhedderte sich und musste manche Sätze wiederholen.

Wahrscheinlich war sie müde. Es war ja auch ein langer Tag gewesen. Ein schöner langer Tag.

Wirklich? Als sie mir den Gutenachtkuss gab, flüsterte ich ihr ins Ohr: »Fandest du's heute auch schön?«

»Wunderschön.« Sie drückte mich noch ein bisschen fester. »Ich hab schon einen toll großen Sohn. Das finde ich wunderbar.«

Aber so hörte sie sich gar nicht an.

Dann zog sie die Tür hinter sich zu; doch einschlafen konnte ich noch lange nicht.

Ich musste nachdenken.

Ziemlich viel.

Über Uschi.

Über das Froschmaul.

Über Riki.

Na ja, und auch ein bisschen über den doofen Manuel, den blöden Verliebten.

Und über mich.

Und über Uschi und mich.

Es waren richtige Karussellgedanken, die mir immer und immer wieder durch den Kopf kreiselten. Schließlich wurde ich aber doch müde davon und schlief ein.

15

Während ich schlief, fasste ich einen Entschluss. Ich bekam gar nicht richtig mit, wie ich mich entschloss. Aber als ich am anderen Morgen aufwachte, wusste ich genau, was ich tun wollte.

Ich tapste leise durch den Flur ins Wohnzimmer. Da stand das Telefon immer noch auf dem Fußboden.

Das arme stumme Telefon von gestern Abend, das Uschi immer so traurig angestarrt hatte, wenn sie dachte, ich würde es nicht merken.

Du armes stummes Telefon, dachte ich.

Dann holte ich das Telefonbuch und machte die Tür leise zu, setzte mich auf den Fußboden und wählte die Nummer, die ich im Telefonbuch nachgeschlagen hatte.

Die Stimme am anderen Ende klang nicht sehr fröhlich. Keine richtige Sonntagmorgenstimme.

»Baumann.«

Das war er.

»Hier ist Paul.«

»Oh.« Ich konnte mir richtig vorstellen, wie ihn das umhaute. Wahrscheinlich kuckte er jetzt ganz bedeppert aus der Wäsche. »Und, was möchtest du?«

»Ich, äh – also …«

So genau hatte ich mir gar nicht überlegt, was ich sagen wollte, und jetzt fielen mir die Worte nicht ein.

»Hallo, Paul, bist du noch dran?«
»Ja, klar. Hrm. Ich rufe an, weil ...«
»Ja?«
»Och, öh, ich wollte nur mal fragen, ob ...«
»Ja? Ja, was denn? Was wolltest du fragen?«
»Ob du heute schon was vorhast.«
»Ich?«
»Ja, du.«
»Warum?«
»Nee, erst mal wollte ich wissen, ob du was vorhast.«
»Aber – na, gut, nein, ich hatte was vor, aber ihr habt ja dann eure eigenen Pläne gemacht und da ...«
»Gut.«
»Hä?«
»Ich meine, gut, dass du noch nichts vorhast.«
»Warum?«
»Ich, na ja, also, ich wollte dich einladen.«
»Mich? Du? Du mich?«
»Hmmmm.«
»Weiß Uschi das?«
»Nö, natürlich nicht. Ich musste doch erst rauskriegen, ob du überhaupt zu Hause bist und Zeit hast.«
»Dann ist das ganz allein deine Idee?«
Warum war das so wichtig? »Eigentlich schon.«
»Puhhh!« Er gab einen dicken Seufzer von sich und dann war es still am anderen Ende.
»Du?« Ich wusste gar nicht, dass Telefonieren so bescheuert sein kann. Mit Riki gab es solche Probleme nie.
»Ja, Paul?«

»Also, ich wollte dich einladen, ob wir nicht ins Spaßbad gehen, alle zusammen.«

»Du meinst, Uschi, du *und* ich?«

Eigentlich war er ganz schön schwer von Kapee. Das hatte ich doch laut und deutlich gesagt, wen ich meinte, oder?

»Hmmm.«

»Klar komme ich mit. Und wann soll es losgehen?«

»Kommst du uns hier abholen? So gegen zehn?«

»Wart mal, jetzt ist es halb neun, ja, das passt mir hervorragend. Ich bin dann gleich bei euch. Übrigens«, er machte eine Pause.

»Ja?«

»Danke schön für die Einladung, Paul.«

»Schon gut, äh.«

Als er aufgelegt hatte, saß ich noch mit dem Hörer in der Hand auf dem Fußboden und starrte das Telefon an.

Ich war vielleicht doof! Kein Wunder, dass Riki sich einen anderen Kumpel gesucht hatte. Da lud ich meinen schlimmsten Feind zum Schwimmen ein!

Freiwillig!

Wo dann Uschi wieder stundenlang mit ihm rumquatschen würde und garantiert keine Zeit für mich hätte.

Wo ich mich dann wieder wie ein fünftes Rad am Wagen fühlen würde.

Aber komischerweise bereute ich meine Einladung trotzdem nicht. Im Gegenteil.

Ich freute mich sogar und stellte mir vor, was wir im Spaßbad alles machen könnten. Ob er wohl die enge grüne

Tunnelrutsche mit mir runterrutschen würde? Die, vor der Uschi immer Schiss hatte?

Ich legte den Hörer auf und drehte mich um. Da sah ich, dass die Wohnzimmertür aufstand. Uschi lehnte am Türrahmen und schaute mich an.

Sie heulte schon wieder.

Aber diesmal heulte sie wohl nicht, weil ich ihr Kummer gemacht hatte.

Das mit der Riesenrutsche klappte dann auch ganz super! Uschi stand unten und zog Angsthasengrimassen und ich war total stolz auf mich und – Bernd.

Schließlich heißt er ja Bernd.

Übrigens ist sein Mund gar nicht soooo groß.

Das kam mir wahrscheinlich am Anfang nur so vor. Oder Gesichter verändern sich, wenn man sie besser kennt. Ich meine, wenn man die Leute hinter den Gesichtern besser kennt.

Aber manchmal geht er mir trotzdem noch ziemlich auf den Keks. Wenn er mit Uschi Händchen hält und solchen Quatsch. Dann tu ich immer so, als würde ich nicht zu ihnen gehören.

Aber eigentlich weiß ich es jetzt ganz genau, dass ich dazugehöre.

Irgendwie schon.

Kinderbücher

zum Vorlesen und Selberlesen,

zum Sammeln und Verschenken,

zum Lachen und Träumen.

OMNIBUS

Enid Blyton • Raymond Briggs • Monika Feth • Louise Fitzhugh
René Guillot • Norbert Landa • Marjaleena Lembcke • Jean Little
Max Lundgren • Marita Conlon McKenna • Alice Mead
Frauke Nahrgang • Volkmar Röhrig • Helmut Sakowski
Friedrich Scheck • Nina Schindler • Rainer M. Schröder • Sobo
R.L. Stine • Jutta Treiber • Alfred Weidenmann • Ian Whybrow
Henry Winterfeld

Das OMNIBUS-Gesamtverzeichnis erhalten Sie im Buchhandel oder direkt beim Verlag.

OMNIBUS Verlag • Neumarkter Str. 18 • 81673 München

www.omnibus-verlag.de

Bitte senden Sie mir das neue kostenlose Gesamtverzeichnis.

Name: _____

Straße: _____

PLZ/Ort: _____